U0048795

我們這一代

七年級作家。

宇文正、王盛弘——主編

目次

主編序　意義已經飛出書頁　宇文正　007
推薦序　性・謊言・（反）彼得潘　楊佳嫻　017

卷一　**青春斷片：當記憶漸行漸遠**

廣州朋友　黃崇凱　024
天橋時間　祁立峰　031
我會變成這樣都是你害的　劉思坊　040
方舟　李時雍　047
純真年代　楊隸亞　053
烏陰烏陰　楊富閔　059
青春已是強弩之末　林佑軒　067
色盲島　楊婕　078

卷二

社會思辨：草莓、魯蛇、太陽花

世界是葷的　賴志穎　086
活得像一句流行語　湖南蟲　094
穿行，在訴訟、防禦與責任間　黃信恩　102
七、七　羅毓嘉　111
有病　阿布　120
舊鎮消息　翟翱　128
其實我也想原地解散　朱宥勳　134
都是自由惹的禍　林禹瑄　143

卷三

身分尋索：摹寫失焦的輪廓

脫胎　吳妮民　152

流動的課室 曾琮琇 160
賣夢的人 言叔夏 165
魔山 黃文鉅 173
我們九〇年代初萌芽的性 陳栢青 187
三十一歲無業小姐 神小風 196
造臉 許亞歷 205
世界妙妙妙搜奇博覽會 顏訥 213
熱日熱夜 周紘立 223
你媽媽是外勞嗎？ 陳又津 236

主編序

意義已經飛出書頁……

◎宇文正

先從源頭說起吧。二〇一三年的青年節，聯副做過一個「新青年專輯」，邀請不同世代彼此對話。當時羅毓嘉一篇〈青年為什麼憤怒〉創下極高的點閱率及大量社群網站的分享，連新聞部的同事都跑來問我：「哇，今天副刊怎麼同事？」我也訝異。而就像在廚房裡，我看著鍋蓋的震動便知道裡面的湯要滾沸了，年輕人（大致也就是七年級世代）有話要說。

年輕人有話要說，這念頭一直放在心上，思考過，還可以在副刊做什麼樣的對話？後來決定，不要兩兩對話，也不要主題辯詰了，就做一個「我們這一代——七年級作家」大專輯吧，廣邀這個世代的作家，空出一整個月版面（二〇一五年五－六月），讓他們自由發揮。有作家著眼於世代論述，也有作家從自己的成長、當下的處境（我不想用「困境」這個詞）書寫，簡直是一串鞭炮，霹靂啪啦響了一個多月。一向稿擠、始終債台高築的聯副很少做這麼大手筆的專輯，但是很過癮，回響出乎預期。之後頗有其他年齡層的作家躍躍欲試，於是我們便陸續向不同的年齡層「世代交替」，目前為止有了六年級、五年級、四年級作家的專輯，清明上河圖似地，各世代許多作家都繪下了屬於自己世代的畫卷。

當然會有人（包括參與的作家）質疑：這種以十年為一代的粗略劃分有意義嗎？要說沒意義也真的沒意義。光是「為什麼是十年？」這一句我就回答不出來了，除了習慣十進位，還有別的道理嗎？但出發點本來就不是在定義世代上打轉，原意就是想給剛經歷過太陽花運動（二〇一四年三月）這件大事，猶處在亢奮狀態的七年級世代一個專屬的舞台，把內心的騷動（即便未參與、不參與者，我相信心裡可能也有波動），透過文字宣洩出來，當初的立意便是如此。

相互理解，並不是理所當然、容易的事。猶記得在我差不多、甚至更年輕的時候，我們這一代（五年級）被前輩作家批評為「幼稚園」大學生（見一九八五年三月十四日《人間副刊》龍應台〈幼稚園大學〉）。我當時五內翻騰，但是我沉默，所有的大學生皆沉默（如果當年有臉書……）。我的辯駁只存在於自己的腦海之中，未曾行於文字的，便是不存在。但這個深刻的記憶教會我一件事：莫以自己偏狹管窺，輕易論斷、標籤化，尤其是貶抑一群我並不理解的人，不僅是不同世代，亦包括不同種族、不同國家、不同信仰、不同文化、不同性別、不同性取向……各種不同族群的人們。

也因此，為這一本七年級作家專書作序，我並不想從中「歸納」任何我所以為的共通點，反而是期盼讀者從這些篇章裡看出歧異，那才是相互理解的開始吧。

全書分成三卷。卷一是「青春斷片：當記憶漸行漸遠」，我不禁想著，對他們來說，青春還在啊。

黃崇凱〈廣州朋友〉，寫一起長大的朋友阿義，那逸出記憶的面孔輪廓、離分岔點已經太遙遠的彼此人生。「你寫這個的價值在哪裡？」文中阿義問作者，也彷彿問著全書所有的人。

祁立峰〈天橋時間〉走過通往少年時光的橋，美好卻倉促的九〇年代，騷動的青春，一回首，橋已不見！

劉思坊〈我會變成這樣都是你害的〉，回憶青春期不明原因的過敏，重新召回一度盤踞體內的惡獸，牠帶來羞辱、恐慌，牠無預警地侵略，又無原因地離開。留下陰影，也留下對無常的感知與所有溫暖的感恩。

李時雍〈方舟〉乘載一位敏感的少年，他澄澈之眼，映照雪白的心靈世界。楊隸亞的〈純真年代〉，是一個音樂豐饒的年代，開始窺見隱喻、初識憂鬱的詩的年代，交友形式仍然可稱「含蓄」的年代。忽然換下制服，穿上了便服，她自問：「我們有沒有變成更好的大人」呢？

楊富閔〈烏陰烏陰〉記敘年少的微叛逆，潛伏體內的躁動，隱隱的倔強，籠罩在悶雷未發、大雨要下不下的烏陰氣象裡。少年練習「出門」，父親練習對話，父子都在陰霾下。

林佑軒〈青春已是強弩之末〉，一一指認中學時代的男校男孩，鮮奶、白虎、黑色土狗……陽光下，八十個男孩的相處、衝撞。從最近的距離——鏡頭拉遠，當年男孩同盟，如今男人女人。幸福就要啟程，青春已是強弩之末。

楊婕〈色盲島〉，回望畫畫的自己，童年畫中的畸怪人形，預告了真實的人生。

那冷酷而純真的線條，她正以文字接續，以敏銳雙眼捕捉。

卷二「社會思辨：草莓、魯蛇、太陽花」展現七年級世代的批判力量。

賴志穎〈世界是葷的〉從食安憂慮入題，一個擁有博士學位的生命科技研究員，面對這整個世界的集體詐騙，「連食物都背叛他了」，人生，還能執著什麼？湖南蟲〈活得像一句流行語〉，流行語轉瞬成為死語，世界的油門一催到底，連在資訊大爆炸世代裡誕生的七年級，都只能奮力加大守備範圍……「不公平」是這世代對時代最大的指責，最深的怨嘆。

黃信恩〈穿行，在訴訟、防禦與責任間〉寫出今日醫者深沉的無奈。訴訟的年代裡，「防禦性醫療」只是一層薄弱的牆，能否抵擋絕望、出走的醫界土石流滾滾而下？阿布〈有病〉則是另一角度——精神科的醫生絮語。探索「失序」者的心靈世界，塑成人格之謎的創傷，痛。醫師走在「同理心」這座橋梁之上，遙望這個社會；這座橋梁，也能打通失序的台灣嗎？

羅毓嘉〈七、七〉，寫給「你們七」，表面辛辣，實則哀涼，哀惋角落裡的浪人七、便利商店七、魯蛇七、虔誠七……仍舊期盼能夠擁有快樂的，正要長大的所有少年七。

翟翺的〈舊鎮消息〉，昔日從故鄉玉里小鎮眺望天空，想像翻山之外的島，想望著未來；而今在「島的中心」生活，回頭看故鄉，新建案、煙囪、標語布條、違法集會舉牌，山的兩邊沒有不同，那是比慨嘆「城鄉差距」還恐怖的慨嘆。

朱宥勳〈其實我也想原地解散〉反擊不公平的「世代論述」，抵抗「外面」的壓制，抵抗「大人」。真正的抵抗，來自實質的建構，二〇一一年一套「台灣七年級文學金典」問世，做為主編之一的朱宥勳，在此不斷自問：〈集結〉可以喊停了嗎？是否已經完成了階段性任務？

林禹瑄〈都是自由惹的禍〉嘆息「新世代變成崩世代，太陽花變成曇花，烏托邦卻依然還是烏托邦」，然而潘朵拉的盒子已經打開，窮忙而疲憊的世代啊，試圖越活越清醒寬容，「還好，你們還有時間。」

卷三主題是「身分尋索：摹寫失焦的輪廓」。

吳妮民〈脫胎〉是全書裡少見陳述對於母性、對於「生」的迷惑、思索，誠懇寫出這一代女性於此腳步滯重的深層憂傷。

曾琮琇〈流動的課室〉，追溯今日這一代體制外的抗爭，火藥早早於少女時埋藏，此時此刻，被點燃，被喚醒。

言叔夏〈賣夢的人〉是另一個課室，那鼹鼠的地洞時光，譬如夜遊，書本、電影、教授的話語……已是遙遠混沌的夢。宛如沿途賣夢的言叔夏，捕捉終要被曝曬、魄散魂飛的夢，捉得住的，捉不住的，皆在無人知曉的夏日清晨裡逸散了。

黃文鉅〈魔山〉攀爬一座現實的山，這一代高學歷高失業的處境，憂鬱，留下遺書的朋友梅姬沒有攀越過去，詠懷搭檔凋零的作者，可還在山中？神小風〈三十一歲無業小姐〉亦是寫職場，寫夢想，寫其中的衝突與孤獨感，自由勝利，其他再說吧！

陳栢青〈我們九〇年代初萌芽的性〉，性在這裡，是身體的啟蒙，也是隱喻，個人成長的隱喻，整個島嶼、整個時代快速劇變的隱喻。快速滑過的事物，令人錯愕，令人哀愁。周紘立的〈熱日熱夜〉更具象地寫性，寫身體，寫情感和欲望。「熱日熱夜」的欲望，卻寫得冷靜，連背叛亦冷靜；你和我是「被截斷的蚯蚓」之兩端，把對你的想像，做為我失去的部分，纏綿的冷靜。

許亞歷寫〈造臉〉，「大眾臉」誘發對臉的思索。一張臉，一個人的象徵；臉與臉之間，畫出的連結線，是人際，是網絡。作者在芸芸眾生裡探究臉部辨識的密碼，面具的密碼，臉書世界裡隱性的臉面生活之密碼，一如童年時掌握畫臉的祕訣。

顏訥〈世界妙妙妙搜奇博覽會〉，速寫曾經參觀過同一場搜奇博覽會，同感於童話摧毀而忽焉早熟的朋友毛毛，她的夢想，她的經歷，她的力不從心，乃至於她的逃遁，「這難道會是我們這一代女性的宿命嗎？」也或者，她們只是共享了某個震撼少女心的記憶罷了？

陳又津〈你媽媽是外勞嗎？〉寫出「新二代」的感受，成長的處境，身分的困惑。「我們現在一起扛起新二代這面旗子……你絕對不是孤獨一人，你看，我們都好好長大了，你一定也可以。」身分、認同，在全書裡穿針引線，而這是最揪心的一篇。

我拿著麥田出版編輯給我的書稿，為了便於檢索，隨手用螢光筆一路塗上閱讀過程中特別吸引我的字眼：抄經／都更／過敏原／雪崩／男孩同盟／死語／防禦／憤怒的鱗／同理心／黑掉／賣夢／大數據／新二代……

這些詞彙在我眼裡，像是這一群年輕作家此時此刻的印記，輻射出去，隱隱略可交織成這本書的觀照面吧。但我又想著，對於這遠比我當年具備行動力的一代，當我闔上書稿時，這些螢光的詞彙早已長出了翅翼……

宇文正，作家、《聯合報》副刊組主任。

推薦序

性・謊言・（反）彼得潘

◎楊佳嫻

以十年為一代的「年級」說不大能說服我。例如，黃崇凱一九八一年出生，從精神光譜、閱讀地圖到笑哏，我們差異不是太大（拜託才差三歲！）；許亞歷一九八四年出生，從社交媒介臉部辨識系統衍伸思索人之存在，想法也頗類似；朱宥勳一九八八年出生，不無解構意味地告訴讀者「七年級」是在怎樣的世代壓抑中建構出來，且頗帶威嚇地（畢竟年長世代也常威嚇年輕人）宣示，網路是未來的社會，「七年級」才是網路如魚得水的一群，那姿態恍惚讓我想起現當代文學史上接連不斷出來宣示的苦悶者們。

宣示些什麼呢？通常是對前代或同代的怒目與質疑。縱向的抗爭：血氣強一點直接呼喊打倒老賊與一切反動勢力，客氣一點的會說什麼什麼經典也影響了我們但是新的時代已經來臨云云。不管哪種說法，目標都是新陳代謝。再來，則是要在紛紜場域裡突出自我，這是橫向的抗爭，舉個早一點的例子罷：徐志摩一向被視為「抒情」，其實戰意超強，看看他在〈《新月》的態度〉（一九二八，這一年他三十一歲了）裡說了什麼——「不妨把思想（廣義的，現代刊物的內容的一個簡稱）比做一個市場，我們來看看現代我們這市場上看得見的是什麼？如同在別的市場上，這思想的市場也是擺滿了攤子，開滿了店鋪，掛滿了招牌，扯滿了旗號，貼滿了廣告，這一眼看去辨認得清的至少有十來種行業」——他列舉了十二派，然後一次打倒，告訴讀者，那些都是「妨害健康」與「折辱尊嚴」的黑心商品，從而確立自己（的這一派）的位置（買這個才是對的）。

二〇一一年出版了分文類編纂的「七年級金典」系列，五年後看來，提供的名單並不非常精確，有些作者顯然後繼乏力，有些後發者則來不及被辨認。這種「代表名單」本來就跟波赫士的沙之書一樣，總在流變之中，容易誤判與遺漏。有人說，戲棚子底下站久了就是你的，不見得是定理，沒天分與修為，站久了也不會成仙，然而，只站五分鐘，即使那五分鐘再耀眼，也一樣不成事。這一次，《我們這一代》全書收羅二十六位「七年級」作家，相對完整，卻非定論；指定文體為散文（散文親人，不代表人人會寫），指定題材與自身世代定位有關，原先是副刊企畫，種種條件考量可能造成限制。這份名單，我認為主要遺憾有二：第一，少了湯舒雯，第二，詩人所占比例太低。

「七年級」創作者裡，不少人已是獨當一面的作家或專業人士，或已經在職場裡打滾了幾年，或深刻感受知識的空轉與背負，因此，毫不意外會在書裡讀到一種微近中年心境：和昔日友人相聚時的雲泥或隔膜感，專業崗位上的社會與道德思索，文學與乾燥日常的拉鋸，是否要將自己擺進社會期許位置的掙扎，女性無論有何才華有何專精到底還是被問：「那妳這樣誰要娶妳？」如黃崇凱〈廣州朋友〉、賴志穎〈世界是葷的〉、吳妮民〈脫胎〉、黃文鉅〈魔山〉等，均使我動容。然後，羅毓嘉〈七、七〉可視為一則七年級小史，踢踢踏踏，昂揚著下巴講浪人七魯蛇七頂尖七解放七的歸途，就在此時此地。

再者，性的自省，也成為打開自我的鑰匙。我愛林佑軒〈青春已是強弩之末〉，不無自溺，可是自溺裡有清冷，「男校的男同志永遠應嬰兒，永遠男孩。男校的男同志：彼得潘，守著長不大之國——有些人變成了比莉」，稱自己彼得潘，那這位彼得潘顯然已經生出時間意識，純情大觀園正如煙消逝，變成記憶的幻燈。還有陳栢青，戴著彼得潘面具的老靈魂，懷念從前的心跳，「很髒，髒得很乾淨」，〈我們九〇年代初萌芽的性〉詫異於下一代男孩們變成了無菌好學生，冷淡新人種：「下一代把衛生當禮貌，不只帶套，無菌到像有病，且身體是身體，精神是精神，分得清楚，才脫得大方。才沒經歷，先有經驗。」

全書很有意味地終止在陳又津〈你媽媽是外勞嗎？〉，追溯「新移民」這樣合宜正確名詞出現之前，母親是來自東南亞其他國家的孩子們，如何向人解釋自己，且通常並非說明「是」什麼，而是「不是」什麼，不是確立邊界，是摘掉標籤。然而，就在這樣有些顛躓的成長中，變成了一個和大家一樣，普通得不得了的台灣人。「新」台灣之子的異質，是情願保留以標誌自我複雜歷史、以張力對應偏見，還是情願從外顯到內蘊，終至看不出痕跡？

二十六位作者裡，四位學者，至少五位博士班在讀，三位線上醫師，數位媒體工作者與自由寫作者……台灣迎來了普遍學歷最高的一代文學作家，然而，面對真實人生，崩壞社會，也是極辛苦的一代。應和夏宇多年前的詩句，「有一天醒來突然問自己／這就是未來嗎／這就是從前／所耿耿於懷的未來嗎」，神小風〈三十一歲無業小姐〉替所有人惶然：「現在就是未來嗎？不是正身處在那個想像中，耿耿於懷的未來裡？」拚命推向岸上、被教育著以足換鰭才能腳踏實地的漫長青春結束後，會不會發現，整個世界其實是個「極清澈的謊」*呢？

楊佳嫻，作家、清大中文系助理教授。

---

*「極清澈的謊」一詞，與「耿耿於懷的未來」一樣，均出自夏宇〈同日而語〉。

卷一

青春斷片：當記憶漸行漸遠

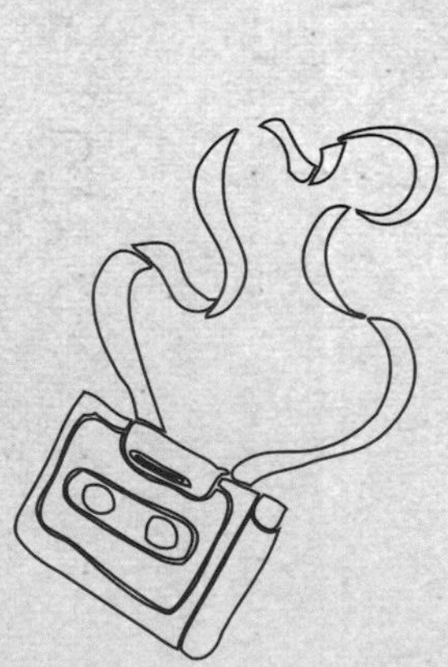

廣州朋友

◎黃崇凱

大年初一午後，我無事可做，決定開車回嘉義老家探望二伯一家，順便看看能否遇上小時候的鄰居阿義。我們同年，常交換漫畫，或一起偷看香港三級片，直到我被發送雲林讀中學，他在嘉義升學。

以前覺得很長、現在想來很短的青春期，我被迫發包大把時光給輔導課跟模擬考，用所剩無幾的零頭打籃球、看漫畫、談點小戀愛。青春還在冒芽伸展，國中前的時光遠得像上輩子。後來我決心回嘉義重考大學那年，阿義也在蹲重考班，從工科轉商科，結果答案卡填錯格來不及改回來，考砸了。我們一北一南上大學，幾乎沒聯絡。

台灣政黨輪替，阿扁八年總統任期，正好完整覆蓋我從大學讀到研究所。我仍活在試管裡，當個不事生產的學生，每隔一、兩週騎車到蘆洲跟開店的爸媽吃飯（拿零用錢）。那時最大困擾依序是手頭沒錢、怕突然有了小孩、書讀不懂以及三分球命中率太差。大學畢業想不開，再讀研究所，還是很多書讀不懂且讀不完，依然很窮，系籃不去了。傳說只要一次失戀就能毀滅苦悶的研究生，我經歷兩次。那陣子我常拿著駱以軍的小說在讀，甚至抄經般抄著《遣悲懷》。邊抄邊想著，那些偉大的史學著作沒有一本能安慰我，不管錢先生、余先生還是什麼了不起的洋先生。這當然是我自己的問題。到了研究所畢業，我對黃凡、袁哲生、童偉格、高翊峰、許榮哲等人的作品比對張灝、林毓生的著作還熟。

我會推薦袁瓊瓊的「情書四部曲」給失戀的朋友，讓不太讀小說的弟弟讀余華《兄弟》，時時拿著張大春《小說稗類》、米蘭．昆德拉《小說的藝術》和《被背叛的遺囑》參詳寫作的祕密。研究所四年，阿扁總統第二任，紅衫軍洶湧包圍總統府，反分裂法和反反分裂法吵架，樂生療養院被白白犧牲，野草莓運動激起漣漪。我繼續活得自我，遠遠看這些事發生、結束、歸於平淡，卻認真研究起各大文學獎得獎作品和評審意見，想了解自己的作品該怎麼補強。

我讀碩二時，阿義結婚了。在此之前我不知道他有女友，直到回嘉義幫忙迎娶那天才第一次見到他太太。他們婚後很快有了小孩。再次遇上，我還在碩士第四年掙扎，他淡然抽著菸說到離婚，小孩給前妻，現在就是自己好好拚事業。我們在一幢大樓的門口吸菸區短暫交會，各自回到生活軌道運轉，不打電話，不通訊息，通常只有想到嘉義的時候會撥個電話給對方，時常連電話也沒接到。直到他的手機號碼變成空號。

二伯家聽說阿義在廣州做生意，但具體做什麼生意（賣衣服？電腦維修？），連他媽也不是很清楚。我跟阿義媽媽要了他的新號碼，改約隔天雲林我家見。返鄉過年前幾天我在讀美國記者歐逸文《野心時代》，阿義現身時就像從那書裡走出來的人物：成功塑造自我的創業家。一輛嶄新的白色ＢＭＷ轎車抵達我家，車門打開，阿義的皮衣油亮，窄版長褲凸顯一米八的身高腿長，頭髮微鬈，瀏海半遮一隻眼，他咧開嘴跟我互相拍拍肩膀，像是韓國男星的粉絲見面會。六、七年沒見，我覺得眼前的阿義好像另個人，完全逸出記憶中的面孔輪廓。

我想到大我一屆的歷史所學長V也在廣州。他本來拿獎學金到美國東岸的大學攻讀博士，卻在四年後決心離開，因為那裡的冬天長得令他絕望。聽說他要去廣州開酒吧。原先他的博論計畫研究歷史上的廣州，擬了很厲害的題目「帝國的盡頭」。結果他還沒開筆寫，就先走到研究生的盡頭。他走入現實的廣州，在網路查看哪些台商公司在招募人才，哪家工資還可以就丟履歷、面試，隨意地把自己塞進工作。學長V說，台商都摳得跟鬼一樣，就連招待客戶去酒店叫小姐陪酒，幾乎只給坐檯費，小費超稀薄。我有時在旁喝酒，看著身邊殷勤的小姐，心裡湧出物傷其類的感慨：其實我也沒錢消費你，我坐在這裡跟你一樣是陪酒啊。學長V活得越來越像那些冷硬派的酒鬼偵探，做著可有可無的爛差事，卻怎樣都不肯回台灣生活。半年前，因為廣州庸醫拔錯牙讓他驚恐得逃回台灣處理牙齒（他的比喻非常歷史系：就像梁啟超被割錯腎一樣恐怖），我們相隔五年才碰了面。

阿義跟父母進門，我們一起圍到泡茶桌前喝茶嗑瓜子。他先是塞紅包給我爸，接著聊了會那輛新車，敘了點舊，我們兩個移到隔壁沙發聊天，留他們大人話當年。我問你怎麼會到大陸去呢？他說本來在中南部做童書業務做得不錯，被朋友拉去做雜誌業務，也挺好，但後來有些事弄得讓我心灰意冷，乾脆到對面闖闖。我想不如就去個沒人認識我的地方重新開始。上網買了到廣州的單程機票，拎著一卡皮箱，告訴自己不成功絕不回來。我問你有朋友在那嗎？還是有人介紹你過去？阿義說，都沒有，我連個地方落腳都沒，出了機場到市區，先隨便住旅館，再找房仲租屋，其他時間就是到處看。你真該找個時間過來走走，什麼你想得到的、想不到的都有。我就這樣亂看，發現好像人家批貨賣仿冒名牌圍巾不錯。你也知道，我算是品味好會挑款式的，就在台灣網拍開店自己賣。嘿，銷路超乎想像，一條圍巾我買一百五，賣人家一千塊，天天都有幾十條的訂單在跑。很快開了三家店，女裝、男裝、童裝，我還得租倉庫放貨，應付源源不絕的訂單。結果有天我的女裝店被封了，大概抓仿冒還怎樣吧，趕緊轉移到另兩家，我猜有點危險，就大量倒貨出清，再發簡訊給客戶，慢慢轉到淘寶上賣。有天，我收到廣告訊息，說是可以幫網路店家處理客戶服務，把顧客給的差評扭轉成好評，每月依照業績結算收費。我心想，不如改做這個好了。你知道，我沒背景，靠自己沒日沒夜研究，幸好以前業務底子算好的，我給自己一個目標，不管今天打十通電話還是一百通電話，我都至少要拉到一個客戶。謎底解開了：阿義不是做電腦維修，他做的是網路店家的外包客服。

先前讀羅伯特．紐沃斯《地下經濟》提到在廣州流通的大量山寨商品，以及相關產業如何透過各種方法創造收益，大批來自世界各地的批發商都聚集在廣州採購種種在他們眼中蘊含商機的產品。阿義本來也是其中一個採購商，從盜版名牌貨起家，轉進電子商務，如今手下有六十個員工替他工作。他說，現在公司比較穩定，總算能回家好好待一段時間了。他回來投票，幫家裡裝遮雨棚，買了車，待到二二八連假後才回廣州。

我問阿義，還去看女兒嗎？他說，一開始有給一段時間贍養費，過幾年對方好像再婚，想想算了沒意思。換他問我在做什麼，我稍微解釋了一下，拿出去年出版的小說送他。我本想書裡寫了不少我們這一代人的共同經驗，尤其是偷偷看A片、A漫的那些橋段，他應該可以讀得很愉快。但他拿起書，單手捲起來翻了一下，並沒有真的要看的意思，問我：「那你寫這個的價值在哪裡？」我一時不能理解：「價值？你是說價值嗎？」他重複：「對，價值。你做這件事的價值所在。」

我可能呆滯了幾秒鐘。這才想到，其實我們不熟。就像世間所有的兒時玩伴，總會在哪天停止打鬧玩笑，改用許多標準測量彼此的生活。我該說創作就是為了創作本身這種鬼話？還是說，其實這小說是寫爽的，不用談到什麼價值吧哈哈？經歷刪節號的沉默後和我蒼白的辯解，我們加入大人那桌聊別的，直到揮手告別。

我突然理解自己那天為什麼會想回嘉義一趟，因為我在雲林沒有童年。但其實童年也不存在於嘉義，它就像個久沒聯絡的老朋友，偶爾會想回去看看。多看幾次就會發現沒什麼好看，那裡顯現的只有剩餘，能看的都是回憶，讓人覺得自己正在變成廢墟。

● 作者簡介

黃崇凱

一九八一年生，雲林人，台灣大學歷史學研究所畢業。曾任耕莘青年寫作會總幹事。做過雜誌及出版編輯。與朱宥勳合編《台灣七年級小說金典》。著有《靴子腿》、《比冥王星更遠的地方》、《壞掉的人》、《黃色小說》。

天橋時間

◎祁立峰

在你記憶所及的文本中，明確提到那座而今已拆除的天橋——是朱天文〈世紀末的華麗〉。小說一九九〇年完稿，講年華方二十有五，卻已覺色衰愛弛、旖旎身體不再的女模特米亞，與隔代情夫老段貪歡恨短的故事。如煉金如附靈的文字密教來到後段，兩人發起神經，虎狠狠吵了一架，米亞懷悶怨毒、跳上公路局離開了傷心地台北，直到周遭荒漠如異國，這才發現自己不該離城索居，否則要失根凋萎，只好循圖索驥，星夜趕回台北。

相較於羅大佑那首召喚四五年級北飄一族憂歡與共的「台北不是我的家，我的家鄉沒有霓虹燈」，台北才是米亞的新鄉土，她得以潤風華、成大器。終於台北車站近在眼前了。米亞一覺醒來眼見雪亮花房大窗景的新光百貨，塞滿騎樓的服飾攤，「上橋，空中大霓虹牆，米亞如魚得水又活回來了」。

再後來，就是蔡明亮的電影《天橋不見了》，李康生在天橋上兜售盜版名表因而邂逅陳湘琪。他倆朝雲暮雪，長存抱柱信那樣約好歸期，但驀然一轉瞬，天橋就這麼活生生給都更了。

相對於五六年級緬懷的中華商場——華麗而魔幻、教忠教孝的巍峨牌樓與跨越鐵軌的天橋，七年級衛星定位的空照圖熱區，移植到了橫跨忠孝西路、連結車站與大亞百貨的天橋。

到了你終而入族天橋，已經是九〇年代中葉，橋左右岸塞滿賣口香糖、玉蘭花與廉價玩具的攤商，那些攤位歪斜又醜怪塞滿了貨品，像一只後科幻感卻造夢失敗的火星機械車。那是一種世紀末台北獨有的雜沓與幻影蜃樓，難以用淺草仲見世通或曼谷洽圖洽市集比擬。

不過你震撼依舊。佇立天橋中央，鳥瞰橋底繁忙交通，車流馬龍，你初次感到自己身處城市之華麗、之富豔、之偉大。

你前後盡是手牽著手、相偎來補習街的高中生情侶，他們一式著改過的長褲百褶裙，筆挺又違反校規。卡其棕配骨瓷白，天空藍配螢光綠。

那時你總想著，終有一日你也會那麼牽著蘇玲雅的手，滑嫩纖細、如異次元幼獸的少女掌心觸感，像粉紅糖衣炸彈那樣在夢境中蓬鬆開來。

由後視昔，當時距離這座天橋拆除其實沒剩幾年了。接下來你們渾然無覺把約會場所推移到東區和信義區，走過那條更為科幻感、連結華納威秀與新光三越信義新天地的霓虹氙氣巨大空橋。你還記得初次走上那空橋也是與蘇玲雅比肩，你們矜重保持著戀人未滿的間距，迤邐穿廊入弄，橫渡A9、A11館，你還特意掉了書袋，向她解釋台北市政府如何以土地標號為此區命名。信義新天地，毫無隱喻的名字，從天橋眺望廣袤荒原，無騎樓無紊亂攤商，也再無糾纏你買口香糖面紙的哀憐老嫗。

瞇起眼看，華納兄弟的吉祥物兔寶寶頭像就在不遠的前方，門牙外暴、一臉滑稽瞅著你。多年後你依舊對小黃司機脫口「到華納威秀」，即便該集團已撤資多年。

那是你之於九〇年代最後的天橋記憶。歷史的後見之明往往帶來濫費的善感。像隨手消抹、流沙上造出的象形字。

後來你終究沒在天橋上牽起蘇玲雅的手，猶如倒轉沙漏灑了滿地金沙銀粉的聊賴時光，你和同班男生一樣，總跟前跟後、圍繞著女孩子，像推遲了交配期仍不得入巢授粉的昆蟲。

你們帶她們進撞球店，模仿上一輩學長那樣慘綠廝混、打那桌卻怎麼練都不熟練也逐漸不流行的司諾克；在補習街油膩的肉圓攤、虱目魚羹店裡逗留；逛光南、逛大眾和玫瑰唱片，買當時隨便都銷售破十萬張的專輯；在館麥、在赫哲樓梯間開社團聯展的籌備會；以及虛擲鮮美光陰，陪女生逛德德小品集旗艦店。你斂起手看著蘇玲雅把玩過一樣樣文具、貼紙、廉價又俗趣的飾品，憑之足以海枯石爛。

記憶如藏身海底的燈籠魚，你終而想起那年暢銷歌手的名字——陳曉東，熊天平，蘇慧倫，徐懷鈺，還有她每到好樂迪必點開來的專屬歌單：許如芸的〈日光機場〉，許美靜的〈蔓延〉，陳慧琳的〈記事本〉，還有日後你追憶起來，幾乎足以做為七年級暢銷金曲龍虎榜的、徐懷鈺〈失戀布丁〉：

哭就哭了才不怕你看輕／我的自尊像鑽石一樣新
淚水當然很傷心／但失戀以後還是能吃下一客布丁

雖然歌詞毫無邏輯可言，但蘇玲雅清亮純淨的聲線，毫不輸那年的李心潔，或才準備要發首張專輯的梁靜茹。忘了是誰先唱到瘋魔了，脫了鞋光腳踩上包廂沙發。徐懷鈺在ＭＶ裡穿著如今慣見的熱褲，溜著直排輪的截面剪影，就足以憑弔青春。你如今回想，在那個未成年進好樂迪包廂還要檢查身分證的年代，上個世紀的偶像們好像先幫七年級的你們預錄了一輪未來的盛世及喪亂。

除了好樂迪外就是漫畫王了，你同樣難以對遲到八九年級花樣少年解釋漫畫王的存在。二十四小時營業的漫畫店，算鐘點，提供包廂和免費飲料。根本是異托邦了，傅柯的理論。一處用以確保社會能正常運作的異質空間。

在那個截面溫室花房的拉門內裡、包廂深處，視覺暫留如蟲洞一般，青春年華被收納進了隨時要坍塌的小宇宙，從此再不長大。

每個高中男生班都有幾個核心男孩，他們偷偷染髮、穿規定顏色之外的球鞋，和訂作而與制服色差的長褲。你們雖不甘心又僅能眼巴巴眺望他們唬爛把妹的故事。於是乎大傢伙簇聚男廁旁光可鑑人玻璃鏡，互相蹭髮蠟，聽核心男孩說起自己昨晚留宿漫畫王包廂，與他那北一的騷貨女友，買了十二小時整點，只靠兩杯大冰奶茶和一整疊《幽遊白書》。你們都看過他那馬子，夜自習時帶來教室，在最後一排閃閃纏纏。

「她就說累了想睡一下，要我不要亂來。他媽的，結果她奶子就直接貼到我身上，幹，那我當然就勃了啊。」男孩邊說邊梳著稍微過時的郭富城頭，空氣中瀰漫滿是荷爾蒙與蛋白質泡沫。

你們就這麼占據了男廁連身鏡，聽他說夠一整輪何如將指頭伸進萊姆黃制服裡，解開少女款式的胸罩，在破曉之前、在雞鳴之後，何如愛撫、何如愛情。

其實你也和蘇玲雅在漫畫王約會過，你借一整套井上雄彥的《灌籃高手》，她應該是看渡瀨悠宇的《夢幻遊戲》吧？幾次她肩膀貼近你，女孩子特有的溫潤觸感，還有髮際脖頸淡淡的沐浴乳香。遠方的救護車警笛，冰涼而杯緣冒出水珠的甜膩奶茶，還有剛剛才孵成的玫瑰色的夢，像一整季過度曝光的夏天。結果你什麼都沒幹，幹，這時候才該罵髒話吧。

「幹，根本爛尾啊。」你把最後一冊《灌籃高手》丟在腳邊，湘北隊一聲不響輸給別縣強隊，說好的全國制霸成了永恆景觀裡的幻夢泡影，你最後只記得三井壽那顆飛在空中的三分球弧線，像太明亮的青春一樣，像太早慧的愛情一樣。最像的是你們太過倉促又太過雋永的九〇年代。

●

多年後你又再度來到車站，料想周遭年輕有如新車板金鋥亮的高中生男女再沒人知道這裡曾勾擘成就過的一座雄偉天橋。他們旁若無事就鑽進地下街，在空地練歌練舞，對著反光牆擺盪著自己美好軀體。

「明天放學北車集合」，誰跟誰說出台北車站的簡稱，用一種佯裝世故卻一點也不的大人模樣，響亮喊出那些簡潔草率的語句。

你這時才怔忡，新世代複寫出另一種全新的空間感，始稱你們的老城市。靈魂守恆不滅，只是衰頹。用女散文家言叔夏那個既奇幻而荒涼的譬喻，九〇年代最終一隻白馬幽忽走過天亮，走到黃昏。而白駒過隙的隱喻裡那一條條不容逼視的河道盡頭，就這麼漫漶成了沖積扇，或大陸棚。像人們說的「七年級」，職場的七年級新鮮人，文學史的七年級作家，你們面目含糊地報數，以中央伍為準，興致闌珊地列成複雜的隊伍，有些人拖了步伐跟著，有些人唱著歌，有些人遠遠地在原野另一頭眺望……

你們被變成了本來不是或才是的樣子，張致未衰先老，塞進世代縫隙的隨身碟插孔，像一枚鏽蝕咬死的卡榫，再也轉不動周旋不得。

然後你猛然抬頭，像小說差點哭出來的米亞。天橋真的不見了，你好容易才忍住不至於放聲痛哭。

●作者簡介

祁立峰

一九八一年生，新北市人，現任職於國立中興大學中國文學系。曾獲台北文學獎、教育部文藝創作獎、國藝會創作及出版補助，著有散文集《偏安臺北》、長篇小說《臺北逃亡地圖》，並於《FHM》、人間副刊「三少四壯集」、「UDN讀書人」以及「Readmoo 閱讀最前線」撰寫專欄，勉強搆上七年級前段，總期許能以書寫記載下那些年最後一幕的太平盛世。

我會變成這樣都是你害的

◎劉思坊

任何文章以「不知道從什麼時候開始的」作為句首時，總是惹人詬病。人們質疑：你是真的不知道嗎？還是只是一種故作姿態的語氣？倘若真的不知道，接下來的敘事為何總是場景鮮明，曾經只在某個時空裡存在的光線濃度，空氣裡的細菌與塵埃，移動或靜止的人們，為何總能標註出比數字還精確的時間紀錄？不過，即使承受質疑的眼光，我還是打算以這個模糊曖昧的句子開始，以免打擾蟄伏在時間裡的惡獸。

不知道從什麼時候開始的，我的身體總在午後陽光逐漸強烈，氣溫慢慢升高的時候，悄悄出現了變化。

當太陽離開中心，斜斜地將遠方的山脈照得清晰明亮，或是空氣裡累積著厚重的水氣，悶雷四處鳴響的午後時光，身體內部總是竄起一股股熱流，像是一個細胞傳遞聖火給下一個細胞，慢慢地從深而隱的內臟往外推展，直到抵達皮膚表層，形成一顆小米般的凸狀物。

小米常常在手臂內側浮現，伴隨著巨大的癢。隨著陽光從一個窗往另一個窗推移，小米慢慢擴大成花豆，花豆變成湯圓，最後變成一大片不規則海島般的腫塊。周遭泛紅的皮膚，如玫瑰色的海簇擁著沿岸礁石。不管怎樣遮掩，那像老鼠輕輕舔著神經末梢的癢，總不斷刺激我的腦波，讓我坐立難安。

這還是比較幸運的狀況。

那一年，我從理科轉進文組，被安排在教室的最後排，整間教室都是我不認識的新同學。雖然缺了一整年的課，但拿到不同的教科書總是感到興奮，歷史地理就當故事小說讀了起來，沒有抓考試重點的熱忱，更沒有背誦的毅力。畢竟我精算過了，只要做對一題數學可以抵整整三題歷史，握著理科出身數學不會太糟的籌碼，怎樣我都輸不了。但大考的壓力還是籠罩在教室裡，黑板的角落記錄著倒數日期，模擬考一個接著一個，生活的目標只剩下得高分，入好校。如果不是太有錢或太窮，太聰明或太笨，所有在東亞社會裡長大的孩子，都曾經摸著鼻子低頭走過這一段。

不過，這些無意義的分數競爭，帶給我的痛苦卻是次級的，就像猜測今天午餐便當的菜色是什麼，小考默寫背不背得出來，補習班裡很帥的男校學生有沒有注意自己，或是如《藍色大門》裡的張士豪擔心尿尿是否一條線，這些在我心中如羽毛般輕軟的困擾根本不構成威脅，因為我所面臨的，是數倍艱難於這些的問題。每天午後準時來報到，從身體內部不斷湧上的熱潮，開始不定點地浮出表面，不再只是一開始的手臂而已，臉頰，眼皮，眼瞼，嘴唇，或者舌頭，都可能成為隆起的火山，無法預測，災情慘重。

一瞬間，一個青春正盛的女孩，開始在肉體上出現驚奇的轉變。本來平坦的皮膚因為突然擠壓出來的板塊而產生皺褶，原本長得好好的五官，因受到壓縮而左右上下移位，膚色也因為體溫升高而轉為紅橙色。往鏡子一瞧，看到的是鬼，是畸形的嬰胎，是被屠宰時驚嚇痛苦而筋肉扭曲的獸，這些蛻化成惡獸所經歷的困頓，尷尬與羞辱，日復一日地重複。當下午的兩點下課鐘聲一響，女孩們換起運動短褲，準備到操場上發出桃紅色的青春動感光波時，我不是正等待著半獸人的附身，就是已經變成了半獸人。

這身體上的變化所帶來的各種痛苦之中，影響我最大的，莫過於它對我的時間所做的暴力切割。不管我那時正在做什麼：上課、考試、發呆、吃第二個便當，只要癥狀開始發生之時，就得放下手上所有的事，被它所帶來的不舒服感所完全籠罩，砍斷了我與下午兩點的光線，溫度，氣味等所有的聯結，將我從原本的時間裡抽離開來。

我努力避開人群，但中學教育裡的一大目標就是將所有不同性質才能個性的人類用鐵鍊「時時刻刻」捆綁在一起，要他們變成同樣的人。我總是哪兒也去不了，讓身邊的女孩們一個個受到驚嚇（我也不想嚇妳們好嗎？），或露出憐惜同情的表情（在那個自尊心特別脆弱的年紀裡，這表情無疑是趁機謀殺的意思。）終於，我以我的身體，認識了 deformed 和 disfigured 這些英文單字的意思。原本合格的形式歷經了鬆脫，扭曲，走山，最後變成了一團意義未明的物質——醜的最大值。

「這應該是蕁麻疹。」一間位於市場旁暗巷內的皮膚科醫師這麼說。其實他未曾親眼看見那粉紅惡獸在我身上攻城掠地的樣子，只能跟著我的敘述——盡其可能地誇張，比如擔心那肉塊崛起的模樣或許會造成人類種族面臨滅絕——時而皺眉，時而嘆氣：「這麻煩，麻煩！」語一畢，隨即用手上的鋼筆，反手以筆尾往我蒼白的手臂內側畫去。幾秒後，凡畫過處皆開始風雲變色，隆起一條水蛇般的印記。看此景象，他又重複：「這痲煩，痲煩。」

白色藥水藥丸被帶回，特地吩咐要按時服用，但這只能治標不能治本，最重要的是知道什麼是誘發過敏的原因。我因而擴大著被害妄想，懷疑過每一隻爬過桌面的螞蟻蜘蛛小蟲子，也懷疑過空氣陽光和水。但是，要準確地在這存在著萬事萬物的世界裡，大海撈針般地找到那外表看起來雖是如此單純無害的尋常物體，但卻可能是唯一的，讓人轉為獸的致命關鍵，幾乎是不可能的事。我在不斷質疑又刪去的過程中，逐漸無法相信日日被傳授的知識。那些被歷史學家信誓旦旦覺得絕對錯不了的事件原因，像標準答案一樣反覆出現在教材裡，但事情就真的是這樣了嗎？所有的事情都一定有原因嗎？是不是只要找到那個狀似禍首的人、事、物，然後指著他的鼻頭對他怒瞋：「我會變成這樣都是你害的」，人生就可以圓滿，了無罣礙？

在往後的某些無法前進的時刻，曾聽見情人在長長的沉默之後，忽然大聲地蹦出一句：「我會變成這樣都是你害的。」以此表達對兩人不同的生活軌跡被完全複寫成同一條的憎恨。其實，能這樣自認清楚地解析事情的原因，並確知所有的傾斜其實都來自於同一雙手的推力，無疑是讓我非常羨慕之事。畢竟曾經有那麼長的一段時光，我連分辨出過敏源的能力都沒有，從此這「怎麼樣都無法找出原因」的挫敗被轉換成未雨綢繆的焦慮——不管再怎樣美好，平靜，我總能預示到災難的到來，它會讓我瞬間墜入火焰地獄。而人世間彷彿只有這件事是可以確定的。

大學入學考試結束的那一天下午，朋友與我一起走出考場，兩人避開談論剛剛的考試，卻因此想不出其他的話題，一路沉默地走到西門町。我們看了一場已經毫無印象的電影，合吃了一碗阿宗麵線。當天色漸暗，飄起了細雨時，我才忽然意識到體內的惡獸安分守己，一整天都沒有衝撞我的皮膚。在往後的日子裡，牠甚至搬了家，從我的身體裡徹底消失了。附在身上的魔咒像被魔法棒輕點過，兩點鐘不再被綁架，腫塊也不曾留下任何疤痕，之前經歷的難堪，在人群中被凝視的不安，都像是初醒時所遺留的夢中情緒，偶爾從心頭揚起，但很快地又輕輕落地。

我感激牠的消失，但也不解牠的消失。在還沒找到原因之前就自行消融，更再次應證了「找原因」的徒勞。也許從頭到尾，我過敏的就是時間。如果青春意味著被時間之神所眷顧，那麼對我而言卻反其道而行。時間從來沒有保護我，而是在那個必須集體起身立正敬禮，中午集體趴在桌上，集體在競技場上廝殺的年代，我卻得以全身上下的感官，腫脹的知覺，去體會處在那段時間裡的緩慢和殘酷。身體的一部分轉化為恐怖惡獸，另一部分還保有青春胴體，那巨大的反差讓我的身體存在著不同的時區，他們各自運作，時常衝突。

於是，時間雖然給我了痛苦，卻又治療了我；時間曾如此緩慢地在我身上停留，也曾不帶情感地快速流動。在這過程中，我卻已變成一個陰鬱的人，感恩生命裡的所有溫暖的際遇，但同時也謹記，並預想著它的殘酷。

● 作者簡介

劉思坊

一九八二年生。加州大學爾灣分校東亞文學博士生，曾著有散文集《躲貓貓》。從小著迷於空間裡漂浮的塵絮，辨別聲音裡不同的質素等細微瑣碎的事物。喜歡暗中唱反調，但表面上對人畜無害。

方舟

◎李時雍

隨手擱在桌上的書，一本本倒蓋著像房子。

夾著便箋攤放著的另一些，為窗隙陣起的微風靜靜地翻閱了幾頁，終至闔起如憩睡默默。

學期還未到一半，不同科目的參考文獻、厚皮精裝原文書，與複印的疊疊講義，在妳桌案，已築成小小的新城，對著窗玻璃明亮起遠遠近近的大廈窗格，像一道薄影投下。翻看妳夾記的一頁，突現眼前這兩幀相片。

蜂巢環狀的結構體有如隔起了許多房間，中央陷落似眼瞳，露出草梗的焦黃，紅白衣服的孩子微小身影遊戲草堆。另一幀，從特寫拉到遠景，市街大路轉角荒地一整片淺淺的草綠，蜂窩居中孤立搭蓋起像臨時的工地，只一條土路延伸至畫面右下之外。翻過一頁說明，那是藝術家黃致陽戶外大型裝置《巢穴》，將嘉義布袋港牡蠣養殖近海的鹽白蚵架重新立起於城中，「荒誕的居住遺跡，那個蛋型像艘船，像諾亞方舟，那一格一格就是繁殖的空間。」（公共電視台編著，《以藝術之名》，二〇〇九年，頁一一七）一片遺跡，彼時已預見在它的上方，將築起信義計畫區未來的聲光化電，圖片註記下：一九九八。再仔細看，這不就是每一天回家經過的路，恍然地我對妳說。

一九九八，十五歲眼睛的清澈裡，留下的世界是什麼樣的世界？

日復一日身著車縫學號的制服。肩背立可白塗鴉或刀片緣邊抽鬚的書包。晃搖的公車，來回忠孝逸仙和仁愛間路樹葉影扶疏，有時，提早幾站揿鈴下站，穿過夕暮鑲金的紀念公園廣場，噴泉的水花，折射著破碎的虹；按時五點三十分，列隊憲兵降下國旗，世界定格般佇立等待擴音器樂聲結束。行人猶少，彼時路仍空闊，若從北面走出，一幢屋脊斜削的白色建築，斜面鋪上了紅琉璃瓦，迎面對望是我曾經獃坐的小學教室的窗，憶及老師說，那是某某使館。然而「使館」又是什麼意思呢？前門深掩四時如無人。直到一日再想起，那矗立在童年視野彷彿亙古的碑石，不知何時卻夷平消失於舊地；再過多年之後，才在書上讀到這幢建築的歷史與最終卒年：一九九八；如同往後漸次消失大路上的菸廠、父親週末固定前去的上海書店、母親工作多年的報社大廈，煙塵中，蜃樓揚起散去……

如果從東面走出，有我喜歡的林蔭靜路。我會踩著碎葉直到盡頭。穿過馬路，穿進對街曲折弄巷中，謐極了的前院花圃，有葉枝橫出矮圍牆，唯有這裡，恆常老著時光。

十五歲的試卷。元素表。潦草的板書。課本空白頁間鉛筆素描的女孩側影肖像。我記得午睡時臉趴在課桌上的冰涼，仔細聆聽，彷彿可以聽見樹心空洞的回音，罩覆的織衫外套有細密的洞，蒙頭幽暗中，透光如繁星。

有一段時間，我會在午間一室同學們都睡憩時，走過無人長廊，到隔幢校樓的其中一間教室。

教室空闊、亮白，盈滿午後的日光，大面長桌上總擺放有石膏錐柱球體，或半身雕像，如畫室裡常見的維納斯和阿波羅，深邃眉眼，挺立的鼻，陰影陷入沉靜的唇口。一張圖紙四角落圖釘固定在畫板上，美術老師陪著我，有時一兩個同學，每個日午，執著鉛筆炭筆，唰唰在粗糙紙面上輪廓，塗上一層一層痕跡。那些時光，隨白饅頭捏成的擦子拭去成屑。我唯留下了一幅充當模特兒的素描畫像，曳長的筆觸如年少一種憂悒。彼時，年輕的心靈還未經琢磨，仍有想望成為畫家、琴手、宇宙學家的年紀。

仍輕易會觸動於另一少年掩映微風帘幕後，靜謐翻讀一本《追憶似水年華》的年代，在索書卡片的背面摹仿著畫下了她。

晨間或夜裡，屏幕爍光。那一年家裡裝設了第四台。我總在上學前，窗外路燈盡熄而整條街還未亮起之時，默默吃著父親煮泡的麵或茶碗蒸，邊片段看著日劇長片，《情書》、《三天兩夜》……也常為等看一支音樂錄影帶的重播而遲了出門。

彼時忠孝戲院也還在統領百貨上，母親常偕我前赴午夜場，在那裡看過的《鋼琴師》（*Shine*）、《心靈捕手》（*Good Will Hunting*）成了少年靈魂的啟蒙。早已拆去的騎樓下票口，多年後偶然卻在劉若英飾演的售票少女《美麗在唱歌》看到。散戲後，母子倆沿著夜沉大路，微涼的風中，慢慢散步回家。

仍緩慢、仍細緻，表意世界的符號還未稀薄，而充滿歧義的年代。終端機幽黑如宇宙。須用許多時間，鍵入文字傳到妳的手裡。走過的路跡，都像踟躕的詩。心容易感動。我對妳憶及那個夜晚。一九九八，十一月間，獅子座流星雨。大考前，母親代我向學校告假一週，讓我獨自參加觀星的隊伍。一輛小巴，崎嶇山徑，抵達了一個我從未到過的高山海拔，部落司馬庫斯。搭營時，霧起林間，同行的長者安慰大家，看看雲，看看霧，也很好。提早就寢。凌晨伙伴們喚醒彼此，就著手提燈光，踏著草徑，來到了一處草地。所有人分據在各自的思索裡。我也輕輕地、輕輕地躺在露溼的草上，裹緊了大衣外套。雲霧幽暗裡終緩緩散去，一個無月的夜空。我一直等待著生命裡第一顆流星劃過天際，聆聽寂靜中最微小的墜落如心跳的聲音，偶然想起了簾幕後的少年，後來喪於深山雪間，我遂耐心地等待，一場小小的雪崩直到……

翻過了是夜，舟上的世界一如新。

翻過了是頁，像闔上一扇屋門。有時我覺得，有一部分的我留在了彼時，帶著夜的眼睛，看著我的此時。

● 作者簡介

李時雍

一九八三年次。目前就讀於台灣大學台灣文學研究所博士班，並主編《幼獅文藝》。曾主編《人間福報》副刊，著有散文集《給愛麗絲》。

純真年代

◎楊隸亞

「欸！我昨天又認識了一個新朋友。」咖啡店裡，兩個貌似一九九〇後的年輕女生們聊起天來。她們晃動手中的手機，確認彼此的登入帳號，並用傾斜的角度，拍攝個人臉部照片，我喝著冰咖啡的同時，發現她們擺出的 pose 不外乎是捧著臉像是頭痛或牙痛的表情，「修圖ＯＫ！上傳吧，趕快換大頭照！」

咖啡店沒有放送韓國舞曲，這是我唯一感到慶幸的，張惠妹在一九九六年首張個人音樂專輯裡的〈認真〉一曲，從牆角的黑色音箱傳出，樂曲內簡單的鼓聲敲打在木頭地板上，濃重的唇齒音尚未被修飾，編曲純粹，還有一兩句男女音的和聲襯在阿妹的歌聲底下，記憶被溫柔直白的歌詞輕輕搖晃起來，那是一個音樂豐饒且純真的年代。

西門町的 Tower 唱片行還沒從夢幻似的黃色潛水艇變成連鎖平價服飾店，當時我常戴著很大的耳機，每個週末搭乘304公車，自故宮附近的私立女子學校，一路搖晃到城中，整個下午都泡在西區的唱片行，除了Tower還有玫瑰、大眾、佳佳……珍貴的CD被放置在圓形而略顯厚重的隨身聽內，手機剛取代B.B.Call，它們都是黑白的，沒有來電大頭照，當然也沒有APP或是LINE，在小小的空格框框中顯示友人傳來的簡訊文字訊息，我們用各種符號或文字排列出詩一般的圖像語言，猜測彼此的密語。

那同時也是一個詩的年代。

我們讀夏宇的詩集，在邱妙津的《鱷魚手記》中窺見隱喻、憂鬱以及另一個世界的模樣，我們還看周星馳、王家衛的電影，不知為何總能將那些無厘頭又拗口的台詞背得滾瓜爛熟；時常收到朋友親筆寫的信或卡片，跟心愛的同學交換唱片或紙條，就開心滿足一整天，或是用原子筆將那些詩句或歌詞抄寫在信紙、記事本內，特別喜愛的還會放置在學校書桌的軟墊下，跟演員的剪報親密地靠在一起。

放學後，回家前，在阿宗麵線門口站著吃完一碗加辣的麵線，再去同一條街的制服訂做店把長褲改成寬鬆低腰的垮褲，或把制服裙改短在膝蓋以上；去沒有高低階梯的真善美戲院看國片，不斷被前面的人頭擋到字幕，努力左閃右晃看著螢幕上的桂綸鎂在《藍色大門》裡穿著一樣的白色制服穿梭在台北城市。

那也是個還勉強可稱作「含蓄」的年代。

有多含蓄呢？當時所謂的實力派歌手，不露臉，唱片封面無論男女都用長髮遮著臉，依然暢銷百萬張，歌迷們陶醉在歌聲詞曲之中。學校隔壁男生班的同學在生日送來大型玩偶和卡片，上面寫著的字詞非常笨拙含蓄，「同學妳好，請問可以認識妳嗎？謝謝！」

咖啡店內仍持續傳來各式嗶嗶的手機聲響，望著那些鮮豔的ＡＰＰ程式，不知為何我感到非常寂寞，我想到金城武在王家衛一九九五年的電影《重慶森林》裡面，站在名為「午夜特快」的快餐店外，拿著B.B.Call不停打著公共電話，「阿May有沒有回覆？……」沒多久又再打去，「密碼，愛妳一萬年，是否有她的口訊？」即使是金城武這樣的美男，最後也沒能等到對方的回應，好佳在他沒有ＡＰＰ，讓故事的劇情發展比較美麗，他到便利超商買了無數盒鳳梨罐頭，每吃下一盒，便逐漸發現愛情跟這些罐頭一樣，終究會過期。

迷人的國語歌曲，充滿魅力的香港電影不知何時也變成過期的罐頭，終究被韓流浪潮沖走，新時代的數位化焦點在於影像圖片而非文字，隨著無名小站的無預警關閉，我尚未存檔的文字以及日記，彷彿成為另一個平行時空的記憶，它們確實發生卻又無法擁有出生證明。那時 PChome 的個人新聞台，也是我的祕密基地，許多未敢說出口的心情，或者心血來潮寫作的短詩、小說，都張貼發表在上面，那真的是一個幾乎只有文字的世界，作者照片位於網頁的偏僻角落，極小不起眼之處，我與同是七年級的友人們，往往放置一株盆栽、一隻午睡貓咪的腳掌、一顆蘋果甚至一輪掛在夜晚的月亮，作者相貌從來都不是分享的重點，透過文字媒介欲抒發的心情故事才是網頁主角。

十八歲畢業旅行之前，我穿著制服坐在即將結束歇業的福和戲院裡，戲院內窒悶的空氣，銀幕上的畫面出現了李康生還有他的失眠，一隻小叮噹掉在床沿尾巴，動也不動地，然後鏡頭運轉，汽車駛進更深的隧道，小康捧著他阿爸的骨灰罈，遠離白日的光，在老舊的福和戲院破洞的座椅前方，他終究流下淚來，那一夜我們被剪成電影《不散》的其中一景。

當時不明白什麼叫作結束，對於青春的到來或結束，不過是換下制服，再穿上另一套便服的意義。

直到西門町紅包場變成日式迴轉壽司店，紅包場旋轉樓梯轉角下的檳榔攤也消失不見，老一輩的歌者從人生舞台下戲，徒步區被更青春的少年和觀光客氣息填滿。

街頭遠處彷彿傳來鼓聲若響的前奏，如夢一般的場景，在沒有任何舞者幫忙伴舞的條件下，獨自張開雙手的張惠妹，唱著已逝的張雨生創作的歌曲，這個水做的男人製造出像火一樣的女人，阿妹擺動身體，甩起長髮，自由自在地在鏡頭前跳起舞來。恍惚轉身，我好像還戴著很大的耳機，學校書包裡藏著CD隨身聽，正在前往西門町的路上，搖搖晃晃哼著屬於七年級回憶的歌曲，書包內滿滿的手寫信，像是個開小差的郵務員，歷經漫長的打盹，起身準備前往九〇年代送信。

「嘿，你那邊幾點？」

「我們有沒有變成更好的大人？」

我極度想念著成長中純真、詩意、含蓄、電子化初初萌芽的年代，停格靜止的黑白螢幕手機，誰願意給我寄送一則純粹文字的簡訊。

● 作者簡介

楊隸亞

一九八四年生，東海大學中文系，成功大學現代文學碩士。曾於中研院做比較文學研究工作，也於廣告公司任職 copywriter，做過雜誌執行編輯與主編，現為自由撰稿人，即將出版個人第一本散文集。文字創作作品曾獲聯合報文學獎評審獎、林榮三散文首獎、懷恩文學獎散文優選、桃城文學獎小說優選等。作品散見報章網路，女人迷 womany、Mplus、《聯合報》副刊、《自由時報》副刊、《印刻文學生活誌》、《短篇小說》等。

烏陰烏陰

◎楊富閔

父親騎車載我要去印小說，走的是寬只容一台發財車的窄路，路的照明並不充足，路很陰，得穿越竹林與墳群，卻是一個解析度極高的夜——雲散雷雨停的夏夜八點，曾文溪邊的舊型工業區，有一支煙囪在排放白煙。我們的機車穿越積水的暗濛濛的涵洞，與南二高十字交叉，與堆高機會車，還有零星單車移工朋友。路的兩邊依序生出一片廠房與一片蔗田，我們父子是善化平原的亮點。工廠其實位於台一線旁，父親抄的是小路，跨過台一線很快到台南科學園區。我正走在父親工作三十年的路線，且是一條險路。我的口袋卡著一塊三點五磁片，裡面躺著一篇準備發表在校刊的小說，篇名更陰，叫〈在陰天起飛〉。那是二〇〇三年，我念高二，我家沒有印表機，不知USB，超商也沒i-bon，輸出一篇文章得從山區走兩公里路來到父親的織廠。

為什麼急著印出那篇小說？小說其實沒寫完，我只是在經驗一個從手寫到輸入的階段，還習慣像小學生寫完作文，期待好句子老師會在上頭畫波浪紋，我也想要塗塗改改，經常就生出許多新意象新語法；可能只是想出門透透氣，需要一個兩公里長的距離釐清思緒。通過那地是善化，多年來它提供偏鄉大內一切的物質需求：上光眼鏡、全國電子、運動用品店、中型書店，還有影印店……小說最後沒有印下來，我卻跟父親說一切都弄好了。辦公室印表機大如分離式冷氣，猜想是印報表的機器，我不熟操作，加上找不到影印紙，那個晚上父親巡自去巡廠，留我對著一屋的電腦發呆，才發現父親原來有一個沒在使用的位置。父親是粗魯人，不是坐辦公桌的命，他的桌面壓著一張員工旅遊時攝下的全家福。

那篇小說我不敢再看，故事以就讀的校園為背景，寫的是兩男兩女愛到卡慘死的故事，記得其中一個男的還跳樓骨折，莫名其妙飛到溫哥華去，我還寫溫哥華在美國，世界地理不及格；這裡沒有一個場景發生在教室，多是走廊、校車、集合場或網路空間；情節推動靠的是即時通訊、逼逼耶斯、電子郵件、網路日誌，以及不斷插入的流行歌詞，一首比一首陰，一首比一首絕望，那時楊乃文的〈明天〉是我的主打歌，每天睡前都要聽「生命我不懂何時它要畫下句點」，抑鬱至極，楊乃文聽完換王菲的〈乘客〉，隨旋律覺得自己輕飄飄也像開車在高架橋（大概就是南二高吧！）。如此整夜不斷重複播放，而明天與乘客的生活，不正是我搭校車通勤六年的顯示？這裡也沒有一個人物善於表達，卻在網路擁有強大的述說欲，多數與家人溝通不佳；又所謂即時通訊、逼逼耶斯、電子郵件、網路日誌不也是刻正最為時新的說話方式？

高中接觸聊天軟體，同學流行玩奇摩即時通，我的狀態習慣隱藏，熱絡時一次能和七八人聊天，打字速度從此變快，週末放假大家約好開會客室，在房間吹冷氣對螢幕高歌。那時我們音樂課考試要輪流上台，或合唱或 Solo，當然也能表演吹中音笛，週末趕緊在網路交換歌單。本班人氣曲目是 SHE 的〈熱帶雨林〉。我記得隔壁班有個男生唱〈四季紅〉引起轟動，據說一邊唱春天花吐清芳，雙人心頭齊震動，一邊走向台下跟同學握手。我應該是唱陳奕迅的〈十年〉，現在還在唱〈十年〉，十年之前讀高中的我把時間花在上網、追星、到台南市逛街補習，和家人互動變少。最有趣的改變是講話速度變超快，快到感覺鍵盤要從口腔跳出來，阿嬤常向我抗議，她念我聽無你是咧講啥。

閉上眼彷彿能摸到字句間的高溫，像回到那個植滿文旦樹的熱帶小鎮，四月的柚香，五月的王爺遶境，六月固定午後下至少兩個小時的雷陣雨……我不怕雷不怕雨，就怕那烏陰烏陰、要下不下的躁動感，高中時期的我像〈在陰天起飛〉的任何一個人物，就是不像自己，不像自己，於是帳號就叫JUSTMING，就是閔，太糗了。那時流行戴粗框眼鏡，我也跟風到善化鎮配一支，為了搭配優惠方案，母親順勢配一支老花，母子倆如置身鏡宮各自擠眉弄眼，齊心要把世界看得更清，其實我度數低，不戴眼鏡能看到黑板字，戴久還會暈，總說一句就是ㄏㄧㄠˋ尻川；也學著把頭髮抓成火焰狀，鄉下沒有髮廊，我到家庭美髮跟淑霞阿姨比手畫腳老半天，終於剪出一顆像樣的刺蝟頭；褲子則是要垮又要低，我只求它不高腰，還不敢露出四角褲頭；襪子也是低，最好低到看不見，上課我愛在座位褪赤跤，也就是打赤腳的意思，那是第一次覺得腳踝可以很美。

高中是我最叛逆的時候，只是微叛逆，至多裝病一禮拜在家不上課，以及讀到中午自行宣布放學，理由都是要回家幫阿嬤買中晝頓。父親剛辦手機，再忙也會立刻從善化織廠驅車到麻豆，他一定知道我沒事，只是需要一個兩公里的距離，他是不是剛好也需要一個兩公里？或者我的叛逆顯示在不讀書，每天傍晚從麻豆搭校車回到山區，我的作息是六點到七點是洗澡吃飯，兼看《完全娛樂》和《娛樂百分百》，七點看一小時的《櫻桃小丸子》，我最感興趣的角色是野口，這個人也是陰陰的。八點到十點全家坐定客廳看《台灣霹靂火》，嘿啦，就是邢速蘭和劉文聰。鄉下缺乏夜生活，一攤鹽酥雞也沒有，SEVEN 開得特遠，十點我就開始上網直至深夜。自己的學業自己顧，那時奇摩家族正流行，我成立過一個限定成員的私人家族，也有個 PChome 新聞台，專貼像數來寶的詩；我也是超級姿迷，每天都要去「華納音樂線上雜誌」潛水，加入所有燕姿家族，不懂鋼琴卻連琴譜也要買。

主要是我不玩網路遊戲，上網一小時就沒地方去，正好我是文藝社成員，負責協編校刊，應屆主題就是七年級，大標題是我想的，叫「七年級的下課後」，七年級下課後都做什麼？其中一個主題是拍貼，我一竅不通，內容介紹各種機種差別，放了許多同學的拍貼當範本，印象中有一台叫美神，台南拍貼都到國華街中正路一帶，FOCUS 也有幾台，我不太會拍，抓不到秒數，眼睛失焦表情恍惚，一群人擠在一口大箱子，我會不小心掉到畫面外。有個主題叫校園十大外賣，手搖飲料是高中生白開水，我常訂的是梅子可樂，我的同學喜歡喝阿華田加珍珠，自己的飲料也是自己配。因為文藝社，我的高二生活過得憂鬱，晚上十點就開始寫〈在陰天起飛〉，邊寫REAL PLAYER自動放歌當背景，也是〈明天〉和〈乘客〉，再加一首孫燕姿的〈不能和你一起〉，太悲了！那時買CD很少看歌詞本，因歌詞帝國什麼都有，手持詞本唱歌是一種歷史鏡頭。

我記得有次參加國語文競賽，因平時課外書看得少，趕緊硬背一段蔡健雅的〈夜盲症〉，什麼「黑夜的顏色能否黑一點，讓沿途的街燈能浮現」，結果隔天作文題目要我們談節約用水。那本刊物最大特色其實是大量圖像，每次社課時間我手持相機在校園勘景，拍出許多私房景點，看到前人不曾見過的黎明。那是數位相機開始流行的年代，我也趕到善化中山路買一台索尼，一萬多塊，每天帶到學校無脈絡無目的亂拍，網路相簿命名為「意義在哪裡？」、「ITS MY LIFE」，兩本內容並無太大差異。數位相機是不是違禁品呢？我記得有個同學衝到學務處請示，答案沒有問出來，倒是跟所有教官都拍了一張。

數位相機讓我長出另一隻眼睛，太重要了，父親常因訓練賽鴿需要放飛：布袋港、興達港、林邊……最常去的地方是七股海邊，七股海風大，潟湖上的竹筏，孤伶伶的蚵棚，父親剛過五十，突然需要出差跑業務，一天來回桃園台南是常有的事，我仍不停編織理由請病假，心跳太快、拇趾外翻……那時也吹起一股隱形眼鏡風潮，也就是日拋，日拋這二字多可愛，但我也是粗魯人，有次自修課在教室戴上第一眼，另一眼放不進去，上課我就像蔡依林後來唱的〈睜一隻眼閉一隻眼〉，當天放學，父親知情像怕我會瞎掉，口氣越說越重，我惱羞成怒，更羞更怒，將門反鎖，父親有喝了一點吧，然後是門被踹開，然後是所有鄰居聚集在我家門口，然後是叔叔在一陣怒罵、推擠、哭鬧中將我架開，把我推向大哥發動好的車子，從暗夜偏鄉駛向一段兩公里的路，我記得阿嬤坐在客廳掩面嗚咽。

這事母親至今還常拿來講，說笑死人喔，愛水又戴不上去，我也笑笑的，太糗了，我是真的任性，那年指考作文題目叫「回家」，我寫的卻是一個出門的故事。我確實在練習出門，記得隱形眼鏡事件隔天，清晨六點吃完早餐，肩著書包出門等車，那是一個陰天，烏陰烏陰，視線並不清楚，路燈亮著，我知道父親從五點半就等在騎樓了，他是不是很多話想告訴我？他工作壓力是不是很大？他也在練習和我說話吧？

我也很多話想告訴他。像小說描述的每個男生女生，表情酷酷，不愛講話；像楊乃文唱的再見明天，明天只在我夢裡面，夢中的我是否只得走向黎明……十七歲的我終究是選擇抄小路走後門、繞開他。一心想飛，很倔強的，不在家了。

● 作者簡介

楊富閔

台南人，目前為台大台文所博士候選人。曾獲多項文學獎、作品選入多本選集。出版小說《花甲男孩》、散文集《解嚴後臺灣囝仔心靈小史》兩冊、《休書—我的臺南戶外寫作生活》、《書店本事：在你心中的那些書店》。

青春已是強弩之末

◎林佑軒

有時我會毒舌：幹，我們班就沒帥哥啊。我當兵時也抱怨過：幹，帥哥就都在隔壁連啊。說到底，是我的，（抑或世人的？），劣根性。得不到的，以為是最美最美。

我進圖書館翻一中歷年畢冊，就像做考古題。一次次的尖叫（幹，這個超——帥——的——啦——），一次次的怨嘆（為何我不是他——們——班——咧——），一次次想偷偷剪下珍藏（有些人的外貌真的是全國榜首。），心中一堆遺憾號。遺憾號，我自己發明的標點符號啦。我高中沒寫日記。寫不寫都一樣。寫了也是滿滿的遺憾號。

說真的，真的是沒帥哥嗎？還是我不懂珍惜？

不愛他久矣。不愛他之後，終於有能力回想我們班。

「幹，我們班就沒帥哥啊。」恐怕這句話，是當年怨恨的殘餘。當年，我愛上了我們班其中一個男孩。他的光芒掩蔽了日月，也掩蔽了班上的好同學們。他多害怕，我多猥瑣；他多不屑，我多傷痛，那是要一路寫到來生的詩。因為他，我錯過了欣賞《山海經》中各種好男孩的機會。我進，他退；他笑，我哭，直到高三上，過了一個暑假，我忽然不愛他。被永咒於一地的地縛靈重返自由，一路往天空飛，開了天眼。也許當時的我，已漸漸發現，何必單戀一草、獨沽一味、只取一瓢。來不及了。已近學測，然後指考，然後畢業。畢業典禮上，我有沒有笑，有沒有哭——再也來不及看。我有沒有想過，捧著他們的臉，一張張說再見。

「幹，我們班就沒帥哥啊。」是自我防衛。說服自己，當年並沒有錯過那麼多各自輝煌的男孩。

說錯過，太不自量力——我何德何能錯過他們。頂多是經過，卻視而不見罷了。

他是鮮奶男孩。他的臉總讓我想起生病的兒時，熱騰騰、白滑滑的鮮奶。

他渾號白虎男孩。學測考完的瞬間，他開始生長腋毛；一根根，象徵著我們的遠大前程。

他的耳朵是筆筒樹的芽。

他是籃球校隊，身高百九，個性憨呆，像隻南投來的黑色大土狗。高三換了座號，我坐他後面模考。總穿著吊嘎的他，寬闊的、略帶痘痘的肩背，是我永遠的幸福。

他因為太小隻，常被朝天阿魯巴。我們班的門洞印滿了他隱形的陰莖痕。

他的眼眉。他的眼眉是我此生所見最精緻。

他是田僑仔，渾身海線少爺土貴氣。不是傲氣。總戴一副小小的紫墨鏡。夏趴的本土小生。

他與他，可愛的雙胞胎。

他也是籃球校隊。他自大，人緣時好時壞。可他有班上絕美的一雙腿。鐵盤上，蛙腿跳啊跳，他砰、砰、砰，運著球走進實驗室。眾人怒目以對。我——隱匿我的羞恥於萬眾的怒目，看見他的腿上，彈跳的青筋。

「現在，電擊！」生物老師吼。從此我，做夢便多了籃球的砰砰聲。

他明亮的小狗眼，純潔的臉孔，天真的嗓音，讓多少學長姊傾心，想養他。

他也是海線來的，身高一八多。在班上孬，都被同學欺，出外卻義無反顧嗆聲：幹！出來講！高二打水球比賽，裁判不公，他衝過去，將對方啦啦隊踹進泳池。兩班全面跳水，想幹架卻有浮力，最後怒極反笑，豔陽下，八十人潑水為戲。那年夏天，太陽是金磚，風是果凍，我記住了八十個男孩一起溼掉的樣子。

最溽熱時，我在籃球架下拗著考卷擋金磚。隔了一片晶瑩的果凍，是他們打球的身軀——我們最近的距離。

他們在結婚。他們漸漸組家庭。婚宴變成同學會，同學會上，男孩與男孩之間坐著女孩。四對夫妻圍圓桌。試算下列情形，排列方式幾何？每小題五分。一、夫妻相鄰。二、夫妻不相鄰。三、夫妻相對。四、夫妻不相對。五、男女相隔。六、任意入坐。當年墨水打印、口水浸漬的考題，從大虛空中飛回來，化為眼前一對對美滿小夫妻，家庭盛景。每一次的婚宴，每一次的同學會，都練習著十年前，排列組合的考題。塵封的試卷上，浮現出我們的名字。

好多人，當年怎想得到，他也會交女友。甚至結婚。甚至老婆懷孕。

有人分手。黃金單身漢。

有人新婚。蜜織小家庭。

天真的男孩，可曾從卷紙粗糙的圓桌示意圖上，預知那些大圓與小圓，終將標上我們的名字？

當初在校，摟來摟去的玩弄，小冤家，假情侶，雲淡風清，不復記憶矣。當初的「班對」，畢業以後，背對背光明前行，今一實習醫師，一中階公務員。

他。高一入學時，最早有印象的人。是我第一個鄰居，豐厚的下巴永遠抬著，呆呆地看著前方。垮褲跟土石流一樣，超垮的，讓老市區來的孩子我有些害怕：啊，是海線流氓。當時以為是壞小孩，沒想到來自海線的他，是個傻大個啊。三年間，我們在彼此戲弄之中度過。一次，不曉得怎麼玩的，他大腿整片撕傷，當眾汩汩泌血，像一中街的冰沙一樣濃稠，浸透了他的 Nike 鞋邊。他撕開制服褲，露出青紫如森林的大腿，擠著保健室快遞來的紫藥水，一派呵呵，笑著塗著大腿。我為他拍了張照。那張相片在我抽屜的底層，至今默默流著血。

你老婆懷孕了！我在席上聽見，下巴掉下來。他跟他高中一模一樣，呦呵呦呵笑：四五個月了。

恭喜恭喜！我說。他老婆看我嚇成這樣，也笑了。

他。老實人。友情捉弄的對象。想跟我們一起捉弄人，卻老是誤判情勢慢一拍，慘遭捉弄——樂此不疲。當年貓戲的我們，是永遠樂此不疲的。

席上，坐我旁邊的他，呵護著他的女友，無微不至，同飲共食。看他真是好體貼啊。高中時代，他有這種好男人的樣子嗎？高中時代，憨憨厚厚的一中生，以後都是好男人吧。恭喜他。

恭喜你們。

當年男孩同盟。如今男人女人。一幅兩性暢銷書的書封。往往我覺得邊緣。他們談車，談房，談工作。他們是醫師，公務員，工程師。他們的女人顏如花，爽辣笑，倚伊肩。我閉上眼，翻閱大學時代，讀到的女性主義，以此自衛：親愛的異男，父權體制將摧殘他們，他們一世痛苦也痛苦別人，他們以生殖為使命，他們終將大步虛無。我又翻閱台灣史，以此自礪：殖民時代以來，政治與經濟的需要，決定了台灣的中產階級：醫師、工程師、公務員。而我，是站在永恆座標（零，零）的寫作永恆者，以寫邁向永恆，象限從我的身體展開……睜開眼，我繼續面對重逢時，無數個無言以對。對不起，原來十年前擠滿了人的（零，零），現在只剩我了。他們的世界已往溫馨邁進，我獨留在電力不足的聚光燈中。他們買房，我是麗嬰。

有人說，男同志享盡了男人的好，自外於男人的壞。男同志從姊妹手上搶下遺產，卻不負責生育，所以男同志落單時，注定微微孤寂。昔往我嗤為大悖謬之論。根據柏拉圖筆下的老 Gay 蘇格拉底（噢，當時好迷《饗宴篇》。七男圍坐論愛，豈不是西門紅樓一桌拈指啜調酒的 Gay。蘇格拉底來台北，也會入座 Lounge bar，點杯長島冰茶，眉眼拋飛隔壁帥底迪的吧）說：男男之愛，層次比生育之愛高。我曾為此驕矜，我又何必孤寂。我不負責生育，我為世界造美麗。你平庸的 DNA 值得藏諸名山？我對路上的嬰兒翻白眼。

可我當年的男孩，如今憶往已少，更多的展望未來。跟他們坐一起，有時難免覺得冷。

我說了一個，好好笑當年事。他們說：噢。

男校的男同志永遠嬰兒，永遠男孩。男校的男同志：彼得潘，守著長不大之國——有些人變成了比莉。男校的男同志：閉眼，在心中跳一支舞。

男校的男同志，在校難笑，幽怨深埋——我跪在滿牆精液的廁所哭泣。他為什麼不愛我？不必問，我曉得。沒有立場問。我還是問了，然後好幾次，徘徊在高樓女兒牆的邊緣。男校的男同志，離校時，懷念男孩的笑。三千個上揚的嘴角，在畢業的瞬間飛遠。

他們還是很好。一中的男孩子都很好啦。他們沒有冷落我。他們怕我好孤單。我說：幹，我去找個石油國的王子結婚過爽爽，叫他買下帝寶。他們勸：小心欸，Gay在那邊會判死刑喔。我說：幹，我要去阿姆斯特丹結婚。他們嗨：欸欸我要去，幫出機票錢。甜甜的對嗆，壞壞的溫馨。其實我攬鏡自忖，此生怎可能有個王子來接我。他們談笑之間，成全了我的虛華夢。多感謝。你們就是我的王子。是的，剛出櫃時常嘆：早知道高中矢勤矢勇，一心一德，好好打理自己。好好減肥，好好保養，好好髮型，以進大同。以吾姿容，必是當年萬眾簇擁、坐人肉轎子遊學校的王子。及長，漸漸曉得，當年不是沒王子。你們就是我的王子。餐點極盛之時，龍蝦頭交錯於我們身旁。我問他：「四對夫妻圍圓桌，夫妻相鄰，排列方式幾何？」

他摩挲著老婆的肚皮，一邊呵呵笑了：「哇，你還記得喔？」

當然記得。記得你的笑，十年前十年後，都是一樣的。

送客，合照。一個個走了。我坐在偉大中部特產，樣品屋式豪華婚宴餐廳的水泥神殿石柱下。有個天使浮雕。我以身代天使，請他們幫我拍了張我長了白水泥翅膀的相片。太陽將同學們的頭髮，曬成一叢叢小小的、漸行漸遠的金草。侍應的女孩休息中，笑得很大聲。

我坐在天使浮雕下，天使的水泥喇叭對著水泥的天空吹。青春已是強弩之末。過了二十五歲，終將一路下坡。皺紋愈來愈多，頭髮愈來愈少。肚子愈來愈大，理想愈來愈小。往身上倒冰礦泉水的籃球隊員穿上了西裝，豪言要選總統輝煌組閣的正為論文掙扎，冥頑頂撞師長的在櫃檯熟練處理公文。有時難免怨憾，一年年同學會，同學愈來愈不好看。

有嗎。

有差嗎。

孤寂，孤寂不過男校男同志的心。雪亮，雪亮不過男校男同志的眼睛。男校的男同志，注定像母鳥一樣，看著子鳥長大。看著當年身邊美麗的、桀敖的、清澈的男孩子，漸漸成長、微禿、有啤酒肚、有風霜臉、有紮進去的襯衫；成家立業，成為一個個好爸爸，有些比較幸運的，風韻猶存。

不，對男校的男同志來說，高中同學是永遠不會老的——在寬廣的皮帶下、在老氣的襯衫中、在街道般的皺紋中，埋藏的，仍是當年那此生無一的男孩。

新郎走了出來，頭髮與西裝有拉炮的煙花。

他站到我的身旁，拍拍我的肩。

我抬頭，看見他的微笑。

俗麗的音樂、相片、致詞與煙花中，變胖也變老了的他，幸福就要啟程。

下次帶男朋友來啊。

好。

高三時他問過我是不是Gay，當時的我怎能實答。現在，我看進了他的眼睛——透明的，善意的，大狗一般的眼睛。

兒子生帥一點啊，如果是Gay，我可以考慮一下。

哈哈，好。

青春已是強弩之末。但是，弩入土，長成樹，樹又造出弩。青春會生青春。

● 作者簡介

林佑軒

夏天生，數日後國家解嚴。小說集《崩麗絲味》二〇一四年秋面世。入選《年度小說選》、《七年級小說金典》等集。聯合報文學獎小說大獎、台北文學獎小說首獎、台大文學獎小說首獎等項得主。

色盲島

◎楊婕

被視為一個寫作的人之前，史前時代，我是一個畫畫的小孩。

我不是三歲識之無四歲讀紅樓的天才兒童。幼兒時期，母親教姊姊和我認字，我扭啊扭地溜掉。可雙手能勉強握住筆開始，我就非常喜歡畫畫。

舊相冊記錄了我畫畫的樣子。彼時數位相機尚未發達，父母不惜成本耗費一張張底片，拍我畫畫。照片裡，我坐在地上，對著白紙，以練筋骨般的姿勢凹折自己，游牧民族似從一方畫到另一方。母親備下大量白紙，從不要求節省紙張。特寫中我總是半張嘴巴，看不出情緒，全神貫注運筆。母親說我非常專心，客人來了也不理，逕自抹繪。

我喜歡畫人，尤其裸女，奇形怪狀的裸體女相，在紙上一一現形。有的眼睛外凸，有的長手短腳，有的嘴歪臉斜。細細勾描性徵，下腹積聚黑色草莽，乳房肥腫垂掛，沒有一點性感的意味。那是還不了解世界的我，最初的想像與認知。雖然我不記得，畫那些畸怪人形時，是否想過未來也可能長成畫中的女人。

母親的朋友把我的畫拿去給畫家看。畫家告訴母親我是極具天分的小孩，讓我自己畫，不要送去繪畫班，免得教壞。我便一直埋頭畫畫，識字之後，改畫連環圖搭配文字說故事。

我對「字」的興趣即起源於畫畫。我喜歡「畫字」，從字的下部、邊緣畫起，拼湊組合，構架成全新的符號系統，脫胎轉譯，這神奇的魔術令我目眩神迷。每每畫好，我都興沖沖拿去問母親有沒有這個字？大部分的「字」都是我想像出的、僅能跟自己溝通的圖形，唯有一次真的畫出字來：「你」。我遂對這個字抱持特殊的感情——「你」永遠與「我」相連，證明「我」的實存，儘管使用「我」的頻率高得多，而「你」越來越難解模糊。

上小學，老師教寫字時，我已「畫」字畫得很熟練。老師在台上教導同學我熟悉的字，橫豎撇捺，我便顧自畫著。國語作業，同學的字麵糰般膨脹打滾，而我早已超齡地安居格子中心。

因之我寫字的筆畫就一直不對。既未循規蹈矩，亦無從依序演進。長大後我並未成為字跡好看的女子，在同學的字紛紛蛻化流麗之際，我仍停留在兒時的繪畫之境。看過我寫字的人，都說我寫字的方式像畫畫，評價兩極：「說不上好看也說不上難看」、「很特別」、「很有趣」、「字都要從紙上逃出來的感覺」……

初進中文系，助教有天下課前當著全班的面說：「你們不覺得楊婕的字，跟她的人、她的作品很像嗎？」我為大家必須聆聽這樣私密的評語感到抱歉，同時被他的話震驚得啞口無言。而我竟看見好多人點頭，在他人面前寫字總讓我感覺暴露，彷彿不小心走漏終日畫畫的童年。

可如今想來仍非常奇怪：我不擅上色。童年的畫幾乎都沒有顏色，舉凡用色的畫種均不在行。學校美術課，我的畫總在打草稿時受到老師稱讚，一旦著色便前功盡棄。那時候，我明白自己已是一名畫藝平庸的少女，畫風越來越小心，幾乎是成長軌跡的隱喻。

十歲用電腦寫了第一篇三萬字小說後，我正式和畫畫的生活告別。小學畢業前，只保留畫紙娃娃的癖好。幼年的裸女長成能夠易容的少女，我製造過量的衣服供她們換季，假髮、鞋襪、食材、寵物、侍女，擔心紙做的軀體在我疏於畫畫的時刻著涼受飢。我把畫得比較醜的送給姊姊，不會畫畫的她珍寶般捧去玩耍，我為姊姊設計過一系列紙娃娃，取名「大奶妹」，胸部碩大，粗壯蠻悍，女力士一樣。

兒時的畫都收進儲藏室。不再旁若無人地畫畫後，我再沒看過那些畫。奇形怪狀的裸體女人，會在積年累月的潮氣中慢慢泛黃、粉碎，甚至蛀蝕殆盡吧。我僅保有曾經畫畫的記憶，以及那些畫的氣息——極盡瘋狂，在沒有規則的狂想裡誇張了人的模樣。

國中畢業，我交的第一個男友是真正意義的文青，出身音樂世家、搞社運、寫詩、念哲學。某天晚上傳簡訊，說他正在畫畫紓壓，畫名叫《彩虹的種籽》，我沒問彩虹的種籽究竟是什麼，畫畫紓壓這件事高尚得令我慚愧，刺痛喪失的童年。

最後一次拿起畫筆是大學時。因為喜歡梵谷，報名學校的油畫班。我迷戀梵谷生前最後的時光，擠出一管管顏料，就繪出純粹的圖形。那不是畫，而是彩色的血液。

我在星期三的中午離開生活，走進樹林包圍的畫室。那是校園藏匿的祕境，須謹記羅得之妻的教訓：逃亡、不回頭。儘管硫磺與火燄，將我的背燒成燦爛的夕陽。

畫架前方，中年男老師授課，那樣懷才不遇又那樣認真。成員多是四五十歲的伯伯阿姨，坐我後面的老伯總在別人的畫中發現優點，永遠笑咪咪。也有少數嚴肅的阿姨，在老師講解時就先提筆，畫風精細宛若易碎品。我常聽見他們討論下次去哪裡辦展，不收門票，也不在意有沒有知音。

魚群，鳥雀，風的光影。藝術時刻，超越藝術本身。那是一群真正愛畫畫的人，與他們一同作畫，是大學歲月少數色彩鮮亮的事，對我逃避姿態的慷慨裝飾。年少的傷口，就在那些塗繪中漸漸隱形。

可我畫得實在糟。畫藝早已生疏，又屬最不擅長的著色。我不曉得那些伯伯阿姨的畫為什麼那樣生動，連畫盤都像畫作美麗，而我的畫與畫具皆若災難，周身沾染迷亂色彩。

幾次下來就有一堂沒一堂。老師很在意我缺曠，最後一次鼓起勇氣走進那方陰涼，老師說今天最高興的事是看到我來，畫畫開心最重要。我知道他真的高興，我也希望他明白，他確是好老師，只是我已不配做畫畫的小孩。

在那之後，我再沒畫過任何一張畫。我長成浮淺虛矯，濫用文字的女子。寫作、出書、學會用話語掠奪。偶爾塗鴉，都是當成禮物送給情人，比如撲克牌，整整五十二張，輪廓簡單的迷你人偶，重現相處的細節。僅是誓言的附屬品，那些連畫都稱不上的物件，沒留在眼前，也沒機會再回到眼前。

不再畫畫的歲月，我遇見的人們，比畫過的人形更為怪異。雖然他們都掩藏得很好，瑟縮在正常的五官下方。

童年的我在畫中看到的世界是真的，真實的世界甚至更加瘋狂。生命如同用過的線條，冷酷而純真。那些沒有顏色，被孩提之我，預言的成年之我，試圖著色便全然毀壞。

● 作者簡介

楊婕

生於七年級的最後一個四月。喜歡肥肉，討厭傍晚，等待一場安靜的婚禮但不要賓客或小孩。曾獲時報文學獎、梁實秋文學獎、全國學生文學獎、台中文學獎等，登上《印刻文學生活誌》「超新星」、《聯合文學》「新人上場」單元，入選《104年散文選》、《創世紀六十年詩選》。著有散文集《房間》，獲獨立書店二〇一五年度華文文學類選書。

卷二

社會思辨：草莓、魯蛇、太陽花

世界是葷的

◎賴志穎

夢見那隻雞腿後，彥明了解堅持不到一週的素食人生該結束了，他或許不是吃草的命。畢竟世界可不是吃素的。

夢中的烤雞腿，色澤金黃油亮，雞皮酥脆可口間雜焦褐色，不知為何被丟棄在門邊。

他只想到所謂的黃金五秒原則，食物掉到地上在這個時間之內撿起來就還可以吃，更何況，他最討厭暴殄天物之人。這時他決定欺騙自己，就當作這只被丟棄五秒，於是屈身撿起入口。

雞腿味道在味蕾散開之前他就醒了。

堅持持續做一件事情，是彥明的強項，人生中許多決定，彥明都是如此堅持。像是燒菜。彥明從小就懂如何燒菜，但家裡掌廚的大權還是在長輩的手中，不逢年過節不需要出手，獨居後，耍性子不出手就得挨餓，決定每天顧三餐後發現，做菜如同做實驗，事情按照流程理當出現可期待的結果，唯一不同的是，做家常菜比起做實驗容易太多。彥明的同僚都有同感。更何況，實驗做失敗就是失敗了，菜做失敗了，除非全面碳化，否則都還是能吃！這對於經常實驗受挫的研究員來說，的確是一件能維持最低自尊的活動。平日工作若感到疲倦，只要想著晚上可以做什麼菜來吃，彥明就有繼續工作的動力，讓他有精神撐到下班回家。

是的，彥明是個實驗室工作者，說好聽點是研究員，但他們這類人最常自稱「實驗室廉價勞工」，空有知識卻無法用好的「匯率」兌現，還動輒擔心未來會被機器人取代。他成長於台灣生技產業開始起飛的世代，進入大學時有許多人把生物科技或生命科學放在醫科外的第一志願（沒魚蝦也好的概念），有人被父母強填生科，更有人真的以此為第一志願！希望學成後能趕上起飛的產業，事情總在開始的時候最有希望，所以他十年後拿到博士學位時，從政府到新聞仍說台灣的生技產業正在起飛，他完全沒遲到，這麼有希望的產業，實在是百年難得一見。當然，他覺得自己比一些同學運氣好，至少他在公立的實驗室做事，不用去號稱生技其實是地下電台賣藥的公司做一些自己都不敢吃的產品（最誇張的是有家公司最高級的儀器只是一台幾萬塊就有的常溫真空乾燥機來乾燥瓜果磨粉，連分子生物學必備的ＰＣＲ都沒有，也敢號稱是生技產業）、賣西藥兼陪醫師喝花酒或接送醫師的小孩，或是當賣耗材的業務。他最津津樂道的就是，當他還只是一個碩士班學生時，一個來自某剛起步但看起來比只有一台常溫真空乾燥儀有希望的公司的演講者，告訴這些莘莘學子，為了要維持研究產能，他們只招聘擁有博士學歷的人。彥明是個很容易被感動的人，在目眩神迷充斥著乾淨白亮的實驗台還有動輒上千萬的儀器的實驗室照片拼湊成的簡報中，他立下拿到博士學位並貢獻所學於產業界的志願。

跌跌撞撞中彥明還真的拿到博士學位，雖然一路上「快逃呀！」、「不如賣雞排！」、「博士無用」的風聲從沒止息，但他仍發揮了堅持的本性，咬緊牙關拿到學位。畢業後，雖沒看到任何徵聘的廣告，他依舊打電話給當年那個鼓勵他奮發向上拿到學位的生技公司，這間公司也竟然還活著。然而，接電話的人用很乾燥的聲音問了他的學經歷後，只落下一句話，「啊，抱歉喔，我們最近不缺博士，我們需要的是技術人員，有大專或是碩士學歷就好。謝謝！」彥明還想要申辯幾句時，對方早掛上電話了。

他投了一輪業界（包括那些他本來看不上眼的公司）的履歷卻音訊全無。此後，他也沒那麼堅持去業界了，畢竟大家聽到博士就害怕，覺得這種人眼高於頂，愛鑽牛角尖及挑戰別人，把人際關係搞砸了還沾沾自喜。

彥明覺得某部分倒像恭維，但當這些刻板印象影響求職時，就還是覺得回學術圈算了。這倒不讓人意外，他可是嫌別人公司是地下電台賣藥的，這些公司要他不是自找罪受？

在公立實驗室當約聘研究員好歹也是個暫時能養活自己的工作。學術圈打滾多年，他深知在不欺騙的前提下粉飾報告的方法，來取悅只會打高砲的上級們。但這些成就對他實在非常虛妄。何以解憂，唯有食物。三餐是最讓他念茲在茲的事情了。因為所學，他深知食安的重要以及購買食品的原則：加工食品原料製程越簡單越好；對產地不信任就不買；看到任何不認識的添加物，他都會先查清楚再考慮購買；為減少農藥殘留，生鮮蔬菜下鍋前，都得泡小蘇打醋水三十分鐘；平日更常閱讀林杰樑醫師的文章長知識。這是他在生活中可以掌握的少數幾件事之一，除了偶爾跟朋友出去打牙祭（他稱之「豁出去把性命交給別人」），三餐都是自己包辦。做為一個生物學研究者，研究的挫折往往都發生在意想不到的地方，某些時候，即使只是做個簡單的實驗，也可以卡關到半年一年的，更別提到最後才發現某些前期規畫是無效或是錯的（更慘的是自己並沒有參與前期規畫，但仍然必須承擔後果），而且，當聽到朋友非常有同理心在傷口撒鹽地安慰說「沒關係呀，失敗的結果也是結果」時，心中只會悲嘆，啊，只有食物是知己了。

除了「豁出去把性命交給別人」外，他也會請朋友到家裡吃飯。吃過自己煮的菜，友誼彷彿就更進一層。漸漸的，他的朋友圈裡也開始興起這樣的交流，互請吃飯，他也從別人那學到許多私房料理。於此，他最喜歡做的就是「以彼之菜還治其人」，讓當初教他某料理的人嚐嚐他學會後的版本，他最津津樂道的就是酸甜紫色包心菜，教他的朋友嚐完他的手藝後不禁有點不高興地喟嘆「簡直比當初做的還好吃」，如此之事，倒也讓他生了挑釁而來的成就感（博士搞砸人際關係卻沾沾自喜的實例）。他還曾在某人處吃完一道烤魚後，第二天馬上烤出味道一樣的烤魚請對方品嚐，讓對方除了吃魚之外順便也吃了一驚，感到示威意味濃厚（也莫名其妙丟了一段可能發展的關係）。對他而言這再自然不過了，研究人員的最大挑戰就是不斷地學習新技術，學習實驗室的新技術比起做菜繁瑣千百倍，學習家常菜只需要用到學習新技術不到百分之一的精神，何樂而不為？從此竟有朋友禁止他在燒菜時觀看，幸好這些菜都是無版權家常菜，要不然彥明大概就得被告上法院了！

彥明身邊並不乏對於食物帶有激進想法的朋友，在讀了一些讓人成為半吊子激進分子的書後，他也開始思考，是否應該成為素食者。他對素食是完全不排斥的，但那通常是偶一為之，面對素食朋友，彥明通常笑稱自己是「兼性素食者（Facultative Vegetarian）」。若要茹素，他想從奶蛋素開始轉變或許是比較好的。因此在某個週一早上醒來後，他打定主意開始要當一個素食分子。然而身體的感覺很微妙，當他計畫要吃含有動物性蛋白的食材時（起司或蛋），就會飢餓莫名。這是彥明人生中少數幾次在開始時就知道撐不完的堅持，葷食的渴望若不消除，他只有兩種選擇，第一，苦撐茹素到生命結束那一天（燒出舍利子嗎？），第二，結束生命來達到他清白的堅持信念（博士鑽牛角尖實例）。

所以那天夢醒時，他竟暴怒地說出「神經病！堅持這種事有屁用？」，因為他無法感受夢中雞腿的美味。

那是美麗的週六清晨，窗外鳥鳴啁啾，任何堅持都可因此輕縱，任何夢想都可因此潰散，人生沒有過不去的難關，山不過來，人就走向山。他立馬解凍仍然在冷凍庫的雞肉，中午就煮了一鍋咖哩雞來補償未竟之夢，從此彥明對於食物的堅持只剩食安了。

然而在食安風暴爆不停的狀況下，小心如他卻還是中了兩鏢大廠的產品，再加上許多意想不到的食安問題，他連燒菜都不那麼篤定了。他了解檢驗人員的工作量及吃緊人力，卻不知道為什麼政府不大量增聘相關的人才（畢竟他們也算是某種生技人才呀）。更何況，民以食為天，生病才嗑藥，食物可得天天吃呀！

總之，連食物都背叛他了，彥明覺得很沮喪，沮喪之餘他想到，或許不該動不動就堅持什麼，生活中的堅持不外乎是想維持基本的安穩，然而連最後一道防線——食物——都已難以掌握時，如不拋下我執，那還能怎麼生存下去？畢竟這世界不是吃素的，因為，即使想找個素食材，也可能摻葷料呀！

● 作者簡介

賴志穎

一九八一年生。國立台灣大學學碩士，加拿大麥基爾大學博士，現為蒙特婁植物園暨蒙特婁大學博士後研究員，職業專長為環境微生物學，除此之外，亦為合唱團唱棍。小說作品曾獲全國台灣文學營創作獎、寶島文學獎、林榮三文學獎。著有短篇小說集《匿逃者》及長篇小說《理想家庭》。

活得像一句流行語

◎湖南蟲

到底是什麼時候開始的，大家習慣以「年級」粗分世代。真的是很粗糙的分法啊，像小學課堂上兩人共用長桌，拿粉筆在中間畫一條線，看來是楚河不犯井水了，卻根本很輕易能抹除。那樣的長桌不曉得現在還用嗎？問了小我四歲但同年級的朋友，說是沒用過。小我八歲但仍然同年級的朋友則是殘忍回答：「那是什麼東西？」最後和我彼此複寫童年的，竟是大我五歲，被分到「六年級」去的友人，好感人地說：「有！『不要超線！』、『小氣鬼！』這樣。」

三問三答之間，就把那條線又擦得更模糊了。當然，這其中也有區域上的分別，一個和我同年紀的「天龍國」友人補充：「我在螢橋國小好像有一張長桌的事，但民生和光復就沒有。」她說得一點也不含蓄，那條隱形的線，「就是分辨富裕和貧窮用的吧。」

一張桌子也能扯出階級差別，會不會就是我們這個世代的特徵之一？成長在各式理論百花齊放，經常能聽見角子老虎機器放送金幣聲響，卻偏偏難以樂觀想像未來的年代裡，找理由熨燙心理上的不平整，似乎是不得不的生存之道？

沒錯，「不公平」三個字，大概就是七年級生心裡對時代最大的指責和怨嘆。不過，「年級分法」本身也並不公平吧！身為七字頭，只要早十個月出生，就將被歸類到六年級去的我，能說不是占了便宜嗎？說起來，我第一次有作品被收進書裡，書名就叫《時光紀念冊：五六七年級的物件紀事》，當時和 268、王浩翔、黃文鉅、陳栢青等新生代創作者共同列席七年級，算是第一次將這身分大大方方披在身上。原來我好久以前，就吃過這一套流行語彙的豆腐了，也難怪日後每當被問及年齡而不想回答時，總是先拿「我七年級生啦！」來擋子彈，畢竟我已在職場裡打滾了十年有之，無法學茶裏王廣告裡的菜鳥傻傻說一句：「我也不知道。」

然而世代的象限單位究竟是什麼？作家孫梓評（六年級）曾經在散文集《除以一》裡的同名自序裡，開門見山地問：「我們究竟是怎樣的一代？」同樣的問題有如鬼抓交替，哲學命題不斷傳承，我（們）到底是什麼？以「遲到者」自稱的孫梓評是這樣寫的：「殖民、光復、戒嚴、解嚴，種種政治措施像島嶼身上不能說謊的年輪，影響互文各類敘述……」而他一枝世代自我定義迷茫的筆，也曾握在恰克・帕拉尼克（五年級）的手上，在因翻拍電影而爆炸性席捲全球的暢銷小說《鬥陣俱樂部》裡，他這樣透過精神人格自述：「我們這一代沒有大戰，沒有經濟大蕭條。我們的戰爭在精神上。我們的蕭條就是我們的生活。」文字裡充滿了對虛空揮拳，感受不到真實血肉的憤慨；對荒野咆哮，聽不到自己回聲的緊張。

但會不會，安逸也是一道牆，努力去推它，總能養出力量。像恰克・帕拉尼克的小說人物，不是組織地下暗黑社團四處裝設炸彈，就是自願被關在同一個場所，直到寫出能突破人生困境的重要作品。而同樣寫了許多現實扭曲小說的駱以軍（五年級），雖然以「經驗匱乏」為主要焦慮，卻也能化虛為實，以其為共鳴點，為龐大同病者發聲，唱一首無言歌。

說了這麼多，結果問題仍未解決。「我們究竟是怎樣的一代？」當「貧瘠背景」、「經驗匱乏」都已被充分詮釋，七年級的我們還剩下什麼？Y世代、Z世代、e世代、崩世代、草莓族、月光族、尼特族……簡直取之不盡，可以一週七日更換不同通行證，怯生生叩門尋找同伴。

是否因為太輕易就能被定義，才導致自我定義如此困難？那些標籤琅琅上口，像易開罐流行語，週拋月拋者有之。我在兒童刊物任職時，偶爾進中、小學校園演講，取材自刊物內容的有獎徵答裡，總有這麼一題送分題：下列何者是二〇一四年日本年度流行語之一？在「新人類」（七年級）、「同情我就給我錢」（八年級）、「雜草魂」（八年級）和「加倍奉還」（十年級）裡選擇，往往造成瘋狂搶答，大家手舉得像天要塌下來。

還有比天塌下來更驚悚的，出自紅極一時之日劇《無家可歸的小孩》的流行語，之於學生竟陌生得如一具無名屍。現場只有老師們對我微笑點頭，像遇見童年時期老朋友，而我只能在心中感嘆：世代鴻溝已然寬得不見對岸。

關於流行語，還有令人心酸得可以蝕出大洞的小花邊。企畫刊物內容時，曾和同事討論，為什麼日本年度流行語，經常能選出就算不正面，至少也挺可愛的句詞，我們卻只有「如果這不是關說，什麼才是關說？」、「斷開魂結」、「國防布」之類，非常需要「失控的正向思考」。好比小時候由當時還是歌手的李明依（五年級）唱出的流行語，「只要是我喜歡，有什麼不可以。」無限上綱年少叛逆、為大家找到一張衝撞規矩之萬通卡的結果是紅極一時，但過沒多久，就被禁了。

離職前不久，和一位六年級的同事（育有兩個調皮的孩子，分別是八年級和九年級），在下著微雨的冬日下午，暫時從氣氛凝滯的辦公室離開，說是買飲料，實則需要換氣。辦公大樓對面種著一排茄苳樹，時不時就往地面轟炸漿果，雨霧沖刷乏力，一方天地杯盤狼藉，我絕望地問同事：「世界末日怎麼還不來？」她笑著說：「遲早的吧。」不知為何我忽然正經起來：「我聽朋友說，末日應該不會是一瞬的事，而是冷水煮青蛙，逐步性的毀滅。大概就在你孩子長大的時候吧！氣候、能源、經濟等紛紛失控崩盤……那時候的世界，不知會是什麼樣子？」

朋友還是笑笑，說應該是喔，應該會很可怕喔。我到底是哪裡有病呢，要這樣恐嚇友人？李組長眉頭一皺，發現案情並不單純。

那陣子我正面臨職場生涯最痛苦的階段，年紀半老不小，成就不上不下，十年匍匐前進，才勉強登上一小坡，謀得小小主管職。我原也以為該是時候了，不料卻背腹受敵，要我乖乖抽號碼牌排隊者，一把肝火燒得冥紙灰滿天飛。那段時間我不禁自問：這是七年級的原罪嗎？待在辦公室的最後一段時間，作家劉克襄一則以〈像我這樣四年級的人〉為題的臉書塗鴉，正好引起熱烈討論，辦公室也有義憤填膺的人，在臉書抒發同感；也有不以為然者，抓著邏輯的漏洞四兩撥千斤，並質疑問題真是「前代者的責任」？是「前代者手下留情」就能解決？一時沸沸揚揚，媒體也樂於添柴，很快的，「像我這樣五（六）（七）年級的人」塗鴉紛紛冒出來，獲得很多的讚和轉貼，沒有然後。

而從頭到尾，我只是靜靜不作聲，因為明知應該要更多方理解不同人的不同立足點，卻清楚不可能真的理解任何人的衷情或動機，最終還是只能喝一杯淡定紅茶，默默遞了辭呈。

結果，連淡定紅茶都早已不流行，是個死語了，用不著語言癌蠶食宿主。流行就是這麼一回事吧，七年級或許也是這麼一回事。我們汲取著物質和流行的灌溉用水，極少有限水時候。我們甚至是以「有些事現在不做，一輩子都不會做了」被鼓勵的一代，領受過許多的寬容和慷慨對待，被體諒做不同的、任性的選擇。即使並不，我們也擁有最多的亮相平台，更不吝於辯護，眾聲喧譁，生產線般推陳出新時代的語彙來說明自己，不管有沒有然後。

其實有沒有然後又如何？是怎樣的然後又如何？接過孫梓評的那枝筆，「既無法以幾個形式詞作為潦草的代表，也無法偷懶地拿媒體想要簡化的答案穿上，以為這就是自己的美麗衣裳。有趣的是，已經到了回答的時候嗎？到了那個把自己交出去、站在一個什麼位置、擺出一個什麼姿態的時候。」他寫的，會不會也是我們最後的樂觀？哪怕已經是即將或剛過三十而立的一代，要說定義，總是太早。

因為世界的油門已經催到底了，更迭的速度之快，追得過一切。七年級的我們只能盡量扮演好外野手的角色，努力加大守備範圍，也許哪天會有寫著答案和公平運算式的高飛球，出現在天空一角。接住了，就離換場更近一步；飛出牆去，我們則可能就此變成青草地上看不大明白的，雨霧輕易就能抹除痕跡的流行語，等著被眾人腦中一隻驅使語言的獸逐出家門。

究竟會不會有那一天呢，讓我們繼續看下去。

● 作者簡介

湖南蟲

一九八一年生，台北人。淡水商工資處科、樹德科技大學企管系畢業。得過一些文學獎，入選過一些選集。著有散文集《昨天是世界末日》、《小朋友》，詩集《一起移動》。經營個人新聞台「頹廢的下午」。

穿行，在訴訟、防禦與責任間

◎黃信恩

二〇〇七年我從醫學院畢業。當身後出現了跟診醫學生，且全是八年級生，我才意識到，此刻，醫院上線的，正是七年級大軍。

當你住院（希望只是假設），有天深夜胸悶、冒冷汗，按了呼叫鈴，來看你的不太可能是三、四年級生，少數是五年級生，部分是六年級生，但機率最高的是七年級生。

那本該是蓄勢待發的。但人們說，這是一個崩壞、撤退與冷卻的年代。

二〇〇〇年我剛進醫學院，那時不流行「五大皆空」。迎新那天，我隱約聽見隔桌學姊，說著招募五人的兒科住院醫師，十五人競逐；同桌學長說，他想走外科，特別是創傷科，他成就於碎裂肢體出院後的重組如初。那一年，我聽見的是對五大科的壯志。同學說，這比較有當醫生的感覺。

而後，一屆屆的學長姊畢業了。我們打聽去向，學業頂尖者多以皮膚科為志願；但仍有不少人選擇五大科，在見習時，我看著他們主持會議，口條清晰，英語流利，在病房面臨決策時，沉穩不失明快。他們深具責任感，沒有下班的概念，只知病患有狀況得處理到底。一段時間後，一則則消息傳開，有人離開五大科，理由：生涯規畫。其中有人還帶了件不愉快的纏訟。

約莫此時，「防禦性醫療」的概念四方飄蕩，外在局勢已成形，內在信念鬆動著。這光景和初進醫學院時已不同。

實習最後一個月，我來到心臟外科。負責的總醫師R，給我一種「碩果僅存」的感覺，這和整形外科擁有多位總醫師、住院醫師的「瓜瓞綿綿」師徒族系很不一樣。

R見我來，竊笑：「要好好abuse你！」

「Abuse」是行話，指所有雜事推給你、操你，日以繼夜，無限度地。我知道這是玩笑，現在想來卻荒涼。大刀小刀，R五天內至少四天上刀，過一種刀房、病房、加護病房的連線生活，就算下班，手機也得開著，讓護理傳報病患實況。工作其實從未停止，只是以另一種形式，延伸至私生活。

有次我們進了刀房，由於病患狀況不穩定，就這樣一路手術到中午、下午，然後天黑。

「學弟，先下刀吃飯吧。」R說。

手術仍在進行。飯後我又上刀。

「學弟，先回家吧。」R說，時約晚間八點。

我回到病房，補齊今日未竟之事，回家沖澡後便陷入昏睡。我不知道他後來幾點下刀，但知道隔日他準時主持晨會。

畢業後等待服役前，我來到東部，參與T教授的手術團隊。T，三年級生，任職於北部某醫學院。

「退伍後，來台北找我吧。」有天他在刀房對我說。他還說，會把我訓練到總醫師，再退休回舊金山。

我謝謝T對我的看重。為了這看重，我踟躕反覆，喜悅也折磨。或許因為個性傾於多慮，我害怕失誤，無法承受手術台上幾乎不能犯錯的壓力，後來並沒去面試。

那段時間，T打過幾通電話給我，知道我不會去台北，總說：「沒關係，再考慮看看，想來隨時和我說。」

後來我與T的關係就淡了。有天突然想起他，google去向，我愣了一會。那是一則判決，指出好幾年前，某病患車禍，胸腔重創，當時非值班的T剛好來院探視病患，順道被照會，之後接手。後來病患狀況惡化，安排胸腔鏡。T在術中將病患翻身，致頸椎骨折脫位，脊髓損傷，癱瘓，家屬求償近三千萬。而後，法院認定T未注意頸椎可能受傷，判賠千萬餘元；刑事部分，則以業務過失致重傷害罪判刑五個月。

這些均是二手的媒體引述，我不清楚實情。但讀了判決，內心相當複雜。我能理解身為病患家屬，對家中全癱病患日後遙遙的照護煎熬；但另一方面，當我想到T的熱忱，最後被定罪，成為灰，為什麼當初要接手？可以拒絕嗎？只因使命仍熾熱，他不會踢皮球。

徒刑是巨大的羞辱。善意的出發點，最終與毒品、酒駕、黑心油等邪念繁衍的果，統稱為犯罪。

而讓人絕望的，是將善意曲解為惡意。

這是訴訟的年代。這也是濫訴與濫訟的年代。無饜的求償。

大宗的、小椿的。人命的、權益的。甚至一句話，被侵犯了、受屈了、抹黑了，提告。

告，有時是捍衛底線，在撤退之前，為可能的勝算伸張、反撲。

我常聽朋友轉述這類的對話。

「頭痛很久了，可以排電腦斷層嗎？」

「配合病史症狀不需要，也不符合健保規範。」

「為什麼不符合？我規矩繳健保費，要個檢查也被刁難，你能保證我腦中沒長什麼嗎？要是有，告你，告到底！」

又如咳嗽。

「我咳嗽三天，請照X光。」

「呼吸音正常。急性呼吸道感染，可再觀察。」

「你不照X光，萬一肺中有腫瘤，你要怎麼賠？」

有時，就醫是要醫師擔保一件事，為那微乎其微卻可能存在的或然率下注。然而頭痛人多，咳嗽亦多，顧及有限資源與健保核刪，豈能無條件開立檢查？

而未到法律途徑的，叫投訴。

L，七年級生，我的客運司機朋友。每天三趟車班，北部中部往返，一天就在車上過了。有回駕駛不停南崁的班次，不知情的乘客以為班班停南崁，要求下客，L堅拒，之後遭投訴：服務不周，態度惡劣；又有次從總站準時發車，一位乘客未上車。不久公司遞來申訴函，請他回覆。

他守著規章，不容人情轉圜，有稜有角，工作起來卻也費力。

院長信箱、抱怨專線，投訴充斥在各行各業。正向來說是督促品質、高舉正義，但浮濫了就流於會吵的有糖吃——伸張受屈的細節，模糊理虧的根本。

這些年，我們很習慣醫院舉辦這類的演講：「減少醫糾從溝通做起」、「創造醫病雙贏的時代」。七年級醫師踏進醫院的那刻起，其實已是醫病關係變遷後的年代。他們面對一種雙向的醫病關係，必須回應病患不一的期待：或獲得所要的醫療、或索問一個症狀解釋、或驗證自身的揣測。許多決策以前，必須溝通，分析利弊，這和早期醫病間那種單向、專制、服從式的關係很不一樣。

我想起外公曾吃一種抗血栓藥，有天胃出血解黑便，仍虛弱地吃著。

「為什麼還吃？」

「醫師沒說可以停。」經歷日治的他，對醫師畢恭畢敬，有時回診會送上幾瓶日本買回的酒。幾次藥忘了吃，還帶著罪惡感，向醫師致歉；當他問了醫師困惑多年的膚斑，醫師沒回答，僅以一條藥膏帶過，他就安靜下來，不再追問。他是客氣的。

他讓我看見那個時代的醫病光景。但事實上，七年級醫師並不期待、也不習慣那樣被捧高如皇的位置。他們不太會有架子，他們要的也只是一份職業上的尊重與體諒。

這些年，一班班的七年級醫學生畢業了，陸續接受專科訓練，「五大皆空」這詞火紅了；走在放榜後的補習街上，八年級的三類榜單，已非醫學系獨霸，牙醫系紛紛追過醫學系。血汗、過勞、挨告、總額，聽見這些，看見這些，在政策擺布下，儘管他們抗議，最終還是安靜返回崗位待命。

絕望、出走、崩壞，故事還在待續。但我知道，仍有許多一線醫師、護理師、藥師、放射師、醫檢師……，守著醫院邊邊角角，值班，交班，再值班。春節連假九天、清明補休一天、五一勞動節放假，他們哪管這些，那是另個世界的曆簿。班還是要輪，醫療不能停，想起病床邊仍存有感激的微笑：「謝謝，辛苦了。」彷彿還是得繼續下去。

有時我在夜裡收到簡訊：「要進刀房了！」當年大學朋友，如今成為婦產專科醫師，假日裡頻繁支援台東、南投急診。幾個小時後，傳來簡訊：「剖腹產，雙胞男嬰。」我替她感到開心。

有時臉書上，當年的同學，如今成為內科主治醫師，抱怨支援急診時，在不知情下，被病患家屬錄影、錄音，並咆哮將請高層關切、訴諸媒體。但他抱怨後，又回歸工作。

有時我看見客運司機L的臉書打卡：睏，來去睡，在台北市。我知道他平安將乘客載抵台北，明早又得載客南下。

這社會習慣檢視七年級生的抗壓、22K、啃老、縱樂。七年級或許有人還帶著生嫩，但七年級也有很多人已在社會放了責任。

● 作者簡介

黃信恩

一九八二年生，高雄醫學大學醫學系畢，現任職成功大學附設醫院及斗六分院、醫學系兼任講師。學生時代開始寫作，作品以散文為主。曾獲聯合報文學獎、梁實秋文學獎、全球華文青年文學獎等獎項，並入選九歌年度散文選、天下散文選等。散文集《體膚小事》獲文化部金鼎獎優良文學圖書推薦獎。

七、七

◎羅毓嘉

神明業已覆滅，而百鬼正狂歡。在一座吃人的島嶼她叫台灣。關於你們七，你們七將如何為後代所述，正好就是此刻的故事。

接下來是你們的事了。它有許多種說法，各種精確各種失焦。都不喜歡被當成英雄。

或許他們會說你們七是英雄但你們其實不是。

世間許多說法。怪力亂神的語言統包小包，太陽花三一八意象符指雞排妹都變成裝飾自己身上的好料。你們七當然不會指的是七個人，或許更多，更多人以為自己才剛給上個世代做了頭七，二七，三七，四七，五七，六七。七七四九摺完了蓮花，還沒死絕的也該燒光了吧，卻並不是，有人巴不得的要弒君殺神同時反死刑，都好。都很好。打卡下班上傳 LINE 問說今天樂透買了沒。簽一一二九啊，簽了就知不會中。

沒大不了。

人死後四十九日，三魂七魄俱已湮滅不再。直至百日還在你們香堂頂禮的煙渺啊，求的不知是什麼。

世代靈魂的遺產遺緒遺物都在了，掃不清的說不完的理不整的那些。七年零班那人今年已卅五了，該死，該死。老得該死的皺紋露出來的輕熟女，幹，怎麼不把你一齊給燒了？黐線啊你，頭上敲出一個老大爆栗關於七你們有許多的說法。你們七辦了百日要請走老世代的靈魂煙灰，怎麼還沒又一個百日，什麼都回來了。

關於你們七有很多的說法。你們七，當然不是七個人。平常走進健身房那人，不知道長時間練出來的臂膀可以用來推扛警察的拒馬。只是小心別被倒鉤扯傷。扯傷了就會有男護理人員來給你包紮。挺好的，護理人員不再是女性獨大了，你們七。但更想不到的是都二十一世紀過了十五年怎麼還會有水車攻擊抗議群眾的戲碼，你們七的其中一個，早晨才拿了本散文集給作者簽了名，在水槍底下的帆布包自然抵禦不住，那書便爛了。爛得像一個隱喻，「文字，無法抵禦暴力。」幹你馬的誰知道啊！鬼正狂歡，究竟是誰要出來選二〇一六，希拉蕊．柯林頓！另一廂也喊中華民國第一個女總統！台灣女總統！那廂呢，白副總統和沒有敵人的院長也暗自盤算，攤牌時間誰也抓不準。

莫再算，莫再算，算盡機關太聰明的就是王熙鳳。

好了好了可以請鳳姊兒下去了。退！

你們七。很多人靠爸靠母念到建中北一女台大，還有的放洋了。有人變成外商銀行卅年來最年輕分行經理，還有個在國際零售巨擘來台展店計畫中，占據專案經理要職。還有幾個，下了班寫寫詩喝幾杯酒掉無人憐憫的眼淚。都好。他們一個個，一種七。頂尖七。氣死人七。但不要緊。只要他們失戀還會哭，看一場舞仍會感動，就是你們七。

解放乳頭七。彩虹七，永遠不怕超越疆界或說他們的疆界是浮動的。曾經是陽剛男同志的下一秒鐘就是扮裝仙子「Alcoholic-MAKE-UP」，然後原本面容冷酷的鐵T突然換上彩虹蓬蓬裙跳起蔡依林，嚇壞一屋子人的下巴，「怎樣，不可以嗎？」你覺得她突然變得好美。露出乳頭又何妨，「無垢舞蹈劇場」都已經解放乳頭解放了二十年，你們七這才看見典範在夙昔並非毀祖滅宗就會有大解答從屍身中站起。很好。其實就是好玩。好玩的時候「忍住不笑，就會出現莊嚴氣氛」對不起鯨向海你不是七了，姑且稱為，榮譽七吧。

流浪人七。因家有變故突然離散了台北，回到中和嘉義中壢台東花蓮的七們，你們比喻人生如一趟旅程，讓張懸七祝福你旅程中的幻覺與沿途的平安。時代是候鳥的遷徙，又彷彿是旅鼠們的大行軍——並不一定會有安穩終點的，那種死。也好。勇氣是壯遊唯一需要的品質嗎？為他們七帶回來捨棄的勇氣，因此你們七要活著回來。給你們活的擁抱，然後再把這些都傳承下去。

纏綿的人生七啊，難捨的愛。浪人七。

便利商店七是最值得敬佩的一群七。你們七啊三頭六臂，化身 DAIKIN 拖把的七隻腳走來走去免得店裡給雨後的泥汙踩髒了你們是最勤奮的一群。補貨進貨結帳煮咖啡倒冰淇淋收快遞餐務區清潔工作都是你們一群七。通才教育就是這樣了可惜就沒人明白，吾少也賤，故多能鄙事，大概就是這樣道理。吹著泡泡糖的少年想轉工，打聽的時候，朋友說你們店裡有人上打烊班，倒炸油的時候不小心在廚房裡滑倒了你知道，那鍋，可滾燙的啊……另一廂，壓低了聲音的像傳遞一個祕密，不要吃你們家的泡菜了進貨的時候，整袋像扔死屍垃圾一樣的摔在廚房裡……還有某連鎖咖啡店，冰櫃裡的糕點越是稱「好吃喔」越近保存期限……零工七。同樣的哀愁。

是覺得孔夫子那句話該換一換——子曰，吾少多能鄙事，故賤。

你做過很多份打工，才知道這世界真的很賤。

二十一世紀過到第十五年，你們二十世紀七少年都已長大成人。

二十世紀七少年有的上班了，創業了，自食其力開了咖啡館在商業區背後的羊腸小巷，有的再念了第二第三個碩士，有的呢，兼做手工小玩意兒在咖啡館跟創意市集兜賣。更多的，則在商業大樓裡上班上網上Facebook，上得爽快，上得憤怒。想到這些為什麼不公平，台北房價高了又高，香港也是，殺到見骨了你們還要活幾輩子才能買得起住得近。可你們七，每個七，生來只有一輩子。

索性收工等車。敦北仁愛站牌那有不少人。七又想了想，那多年前許下去心願的現代詩劇要怎麼開頭。一會兒，七個顏色各異的娃，嘻嘻笑笑好不快活絡繹，想來是對面小學走出來的吧。而他們的父母自然形貌各異，卻都大抵是都會中產階級的伴侶，除了一對讓兩個媽咪接走的小男孩。

還有個娃，上了保時捷。

你想，他們這在以後的台灣，成長，茁壯，然後誤入歧途。想著就感覺，很好。七個娃兒會是七種可能嗎，或者更多。你不知道你當然不會知道他們如此同一的背景，能夠開出多麼相異的花嗎？曾有一個豪門七，她被派駐到香港某公司的策略營運室做總監了。她說，其實沒什麼好，賺得多，回到公寓，還是想吃金鋒滷肉飯。

魯蛇七們這可跳腳了。滷肉飯是魯蛇的食物。你們要捍衛。捍衛。無限期支持！拆大巨蛋，在文化公園裡吃滷肉飯。

突然頂尖七走過來，說，這假文創的大樓還需要什麼更多百貨公司呢？設幾條腳踏車道不是很好，設幾個狗貓公園，不是也很好。能看到天空的地方就不需要大巨蛋的遮蔭了不是嗎。魯蛇七說，可沒有腳踏車。也沒有犬貓。頂尖七說，幾個獸醫院串連起來，可以做T N R的，歡迎大家一起來。以領養代替購買。你們七一起。車？去牽 YouBike 啊，都有繳稅了。

還有虔誠七，走保安宮去，領受保生大帝神農大帝關聖帝君玄天上帝和大雄寶殿三尊、玉皇大帝瑤池金母的多元成家，頂好的。其實多元成家——誰說佛道神明不能成家的呢？那宮頂白亮亮的光色卻又謙卑，照了水泥的宮頂寶塔雕塑莊嚴而不威逼。

禽鳥降落在你七的身邊，往水盆裡銜兩口水，撲撲飛了又走。走遠些啊。別再回到這世道來，七的世道。祈願保生大帝令你們的時代能有一次莊嚴的修復。只要你們七。共同起來。面對前方。岐黃醫者治癒這一切時代騙術。卻又偶遇虔誠七在地藏王尊下遇得手臂粗猛男士口中經綸連綿不絕，好奇虔誠七便問，「有什麼是我可以幫你的呢？」那手臂粗猛男士竟有過世朋友令他哭泣不能自已，好了，好了，你在，你們七都在……

在這樣一座島嶼上，你們七，總是活著，希望能得到快樂，一顆熾熱如熔岩的心落入魁偉的冰棚，無法分辨那空洞的疼，是灼傷了還是凍出了黑紫的傷痕。

經過這些年，你們七長大了。

長大，僅意味著你懂得了人生活到這個歲數，其中必然有些時間已被報廢。平民百姓真飢苦，新鬼煩冤舊鬼哭。你們七賴活著，在桌上滴水，很快有黑蟻群聚，啜吸著無糖分無營養的水漬，活著。這是你們二十世紀少年七成長的生活結構，一座吃人的島嶼。

啊，太平洋的某處，有一座吃人的島嶼。可不是嗎，婆娑之洋，美麗之島。一座島餵養你的先人，島民經濟發達，歌舞昇平，入了夜的島嶼是逆反過來將人四肢百骸盡皆吞噬，而今你知道了，那島嶼的名字其實就叫台灣。你想起自己曾諷刺過抗爭的人群，當你長大你認為抗議的時光畢竟無效都將再次地報廢，但此刻是磚瓦令你擁擠，你們七才知道自己對此一無所知：後來，最常想起的，往往就是那些還能為自己多做一點什麼的時光，除此之外，別無其他。

夕陽從冷澈天空沉入地平線，眼底有些乾涸。乘上了對向列車，回頭，晴爽的天空中沒有一片雲，金星在冰藍天際熠熠如鑽石。列車又即將回入內湖城區你們七閉上眼睛，曾經以為，那年即使二十歲少年回答了不同的答案，但再怎麼伸出手去，也沒辦法抓住那遙遠的星辰。

可現下少年七你想，還來得及的啊。

即使鬼正狂歡，神明業已覆滅，這島嶼叫台灣一度吃人。可台灣亦孕養了你們各式各樣的七，等著你們七改變它的未來用各樣的方式語言行動挖掘最深的坑道。焚燒百日維新的證據，並期待一個更好的解答。你們七知道，在你們手上，民主不是婉君，是邏輯與是非的戰鬥。

誰幹得好，就使盡力氣拱上去，幹不好，就拉下來。
你們七不再迷惑了。漸漸無須迷惑了。這座島嶼它的名字叫台灣。
台灣就是你們七的母親。

——本文選自羅毓嘉最新散文集《天黑的日子你是爐火》，寶瓶出版

● 作者簡介

羅毓嘉

一九八五年生，台灣宜蘭人。建國中學紅樓詩社出身，政治大學新聞系畢，台灣大學新聞研究所碩士。現服務於證券金融資訊產業。頭不頂天、腳不著地，所以飲酒，所以寫字。著有現代詩集四種、散文集三種，最新出版品為詩集《我只能死一次而已，像那天》與散文集《天黑的日子你是爐火》。

有病

◎阿布

紫色的遊覽車離開了，兩道霧中的大燈由右而左掃過山壁，在視網膜上燒灼一道白熾的印痕之後，蜿蜿蜒蜒的往山下去了，而我繼續跑著。山路上每隔幾公尺就立了一盞路燈，無有行人，光在霧裡濃得簡直要滴出水；沒有下雨的時候，我總沿著這條荒僻的山路跑，到山頂的湖去。

數月前輪訓至這處濱湖的院區，環境改變，心情也隨之煥然一新。辦公室的座位後方就是一面大大的落地窗，窗外是山，是樹，是通往山頂的湖的公路，一個穿明亮黃衣的腳踏車騎士奮力地踩著踏板，無聲地慢慢移動。

那時還時常下雨，山林間雲霧放肆地蒸騰亂竄，這本是他們的遊樂場。路曲折地往霧的深處延伸過去，消失在一片白色的霧的沼澤中。

路盡頭的湖有著怎麼樣的風景？我常在臨床空檔休息的時候捧著一杯熱茶，站在落地窗邊想。

●

我回到病房，試著與我照顧的個案們會談，在那些縹緲的症狀之中，尋找直指診斷核心的道路。

精神科的診斷與其他科不同，原文裡通常不稱作疾病（disease），而大多稱之為失序（disorder）；顧名思義，便是春寒中不合時宜的一樹過早盛放的花，龍身上長錯位置的一片憤怒的鱗。

這些失序必須被放置在社會的脈絡中才會顯現出意義。有人提出一個假設：精神疾患在任何族群中皆存在，甚至上溯到遠古很可能就已是人類社會裡的一脈旁支。但這些在今日社會裡書空咄咄怖頭狂走被視為怪異而入院的患者，很可能在上古時期是部落裡與神靈溝通的祭師；而我面前的個案，是祭師的後裔，正與看不見的靈交流。

他正專心地述說要開一間廟的計畫，桌上放滿了他自己畫的符，他有一本道教符籙大全，日夜抄寫臨摹。據說入院前真的有人找他問事卜卦，而他也能正經八百地給予建議。

「昨夜夢裡遇到了恩主公，他說我是觀世音菩薩轉世，叫我跟你說，要一直往左邊走，遇到壞的事，也不能回頭。」他看著我的眼睛，那眼神逼得我無法轉身；我知道他完全相信自己的幻聽，但那誠懇非常動人。

我向他道謝後離開，心裡盤算著或許要再多加一點藥；一方面卻又感嘆著，這可能是我今天聽過最真誠最不假修飾的話語。

病房有訂閱報紙，擺在護理站的櫃檯上任人取看。每日的報紙頭條光怪陸離，廠商說原料來源一切合法，政府說一切以民意為依歸，而且竟然有這麼多人如此深信不疑；每當這時候我就會開始錯亂，究竟病房裡面是精神疾患的世界，還是現實社會反而是妄想與幻覺的樂園？

●

我繼續跑，雲霧漸漸降臨到我的身周，人行道上牽手散步的老夫妻被甩在後頭，路邊停車也都不見了；只有自己的呼吸與腳步聲伴隨著我，一個人跑著，一條延伸向兩頭的柏油路，往前是荒原，往後也是荒原。

這個月開始接觸心理治療，那是多麼神祕而迷人的領域。在教學門診裡旁觀主治醫師與病人會談，會談中所有不經意的阻抗、猶疑，都曲折地指向人格裡塑造的謎。

每個謎都是一道被意識縫合的傷口，你若真的敢拆封底下就是整灘惡臭的血與膿。例如我曾見過的個案，F，非常害怕病房保護室裡的燈泡。每當在病房情緒失控被帶進保護室時，她總是幾近歇斯底里的發抖、尖叫。後來才知道她國中時被表哥強暴的房間裡，就有一只這樣的燈泡；那幽微的光在成年以後的歲月裡，日日夜夜燒灼著她的眼睛。

痛得太久，人生也就被燒穿了洞。

我常常在想，做為一個由人群所建構出來的有機體，一個國家是否也有自己的人格與個性？例如在敵意與衝突間成長的背景，造就了刺蝟般多疑、心裡被害念頭揮之不去的以色列；在列強霸凌中長大的中國，翻身之後卻變得自大又自卑。

而台灣呢？那一整個世代蒼白肅殺的創傷經驗，塑造了自小聽過無數遍大人們諄諄告誡的「千萬別碰政治，給人抬轎」；塑造了許多人看到電視上出現抗爭場面時，第一個反應即是下意識的關掉電視，或轉到隔壁的財經台，用那些紅紅綠綠的數字填滿一整代人的人生。

早年與人相處的經驗編寫了往後的劇本，在人生的舞台上，將自己與他人置入僵化的角色裡。有些人在每段關係裡都索求無度，有些人屢次被最愛的人遺棄；那些生命中反覆搬演的故事，像謝了幕的舞台上，渾然不知道已經熄燈的幽靈，繼續扮演著劇本裡的角色。

那時候的創傷經驗與隨之而來漫長的壓抑，以至於有好長一段時間這個社會對不合理的事物視而不見，也對公眾事務過度冷感與恐懼；把目光收斂在看得到的物質生活上，深怕心底那個被迫害的恐懼重演。早年記憶的幽靈從來沒有死去，陽光比較虛弱的時候，它們總是會回來。

我登上最後一個石階，湖就出現在眼前。

此時天色已接近全黑了，起霧的晚上沒有風，湖就像睡著的鏡子那樣安靜地等在那裡，彷佛早已知道有人要來拜訪，又彷佛無所謂。湖上倒映著霧，與霧背後的月亮；倒映著樹，也倒映著湖畔毫無美感的人造塑膠涼亭。眼前所見的一切無論是好是壞，都被湖面忠實地倒映著。

有一派學說認為，孩提時代與照顧者的關係會影響到成人後與他人之間的互動。神經科學家提出了假設，每個人腦中都存在著鏡像神經元（mirror neuron），這種神經元如鏡子一般照映出別人的行為，而使我們繞過表象，了解背後的意義。

而這會不會是同理心（empathy）的起源？

同理心是建立溝通的第一道橋梁。與同情有所區別，同理心嘗試做到「雖然我不是你，但我願意站在你身邊，試著去了解你的想法與感受」，在原文裡用的英文是「把你自己放進另一個人的鞋子裡（place oneself in another's shoe）」。學習將自己的腳縮小、變形，塞進那雙自己不曾穿過、但另一個人必須天天面對的破鞋，學習同理他鞋子裡的小石頭與腳臭。

唯有這樣，溝通才能開始。

這一兩年間，台灣的政治與社會出現了巨大的變化，漸漸開始有人關注社會上不公義的事。忽然間，社會為了一個被軍隊虐死的年輕士兵而憤怒；忽然間，我們驚覺政府正在以極低的代價販賣著我們的未來；忽然間，沒有任何政治經驗的醫師憑著一整個城市對現狀的不滿，可以顛覆牢不可破的黨國政權當上市長。

我不曾參與過社會運動的父母也北上參與了那場大遊行，人在國外的我興奮地問他們感想，我媽說：「你們年輕人真了不起，好像真的應該要出來改變一些事情。」

那些事情可能很骯髒，很醜陋，千瘡百孔，長久被我們視而不見而發出陳年的惡臭；但這的確是那些在陰影底下的人們每天必須與之奮鬥的生活。試著脫下自己嶄新的鞋子，把腳伸進他們的鞋子裡面；然後只要願意同理，繼續溝通，陪伴他們往前走，說不定能抵達更遠而更美好的地方。

環湖步道的燈開始亮起，隱藏在霧中，像許許多多好奇的眼睛；蕨類們在北部多溼氣的山區旺盛地生長著，捲捲的葉子朝著手。離湖還有一段距離，我沒有走近，但我知道：燈亮起的地方，路一直都在那裡。

● 作者簡介

阿布

一九八六年生，曾獲聯合報文學獎、時報文學獎、香港青年文學獎首獎、年度優秀青年詩人獎等，作品入選年度詩選與年度散文選。著有散文集《來自天堂的微光》、《實習醫生的祕密手記》、詩集《Déjà vu 似曾相識》《Jamais vu 似陌生感》。

舊鎮消息

◎翟翱

後山是島中孤島，關於島的想像同物資藉著蜿蜒難行的蘇花公路，遲緩且逢雨便斷的進入此地人的腦海。關於島的種種不過昨日之夢，此地人翻個身，說忘就忘。更不必言位花蓮南部、自市區出發仍需一小時車程的玉里，一個無事而停滯的時空。我的家鄉。我的童年。

唯一的例外是某年花蓮縣長選舉，民進黨的游盈隆——花蓮父老口中的砲灰棄子——到玉里國小造勢。瞞著父母前往。週五作夜市之用的玉里國小周邊插滿綠旗。不知政治何物，看台上台下那般聲嘶力竭的呼喊，竟也莫名感動。回到家，收起無以名之的心情，看爸媽奚落游盈隆，陪笑且作無知狀，雖然本來就無知得很。豐饒綠海，在選後枯萎。此後週五再去夜市，踏在國小半死的草地上，心中有股淒涼，但不知為誰，大概是因著自己唯一的島的想像與外界之聯結就此湮滅而悲。

小鎮無事。

然後是陳水扁當選。

那年選舉，島上如戰場，不過打的是自己人。後來才知道說不定從來不是自己人。國中週記上，每週抄著選舉新聞，感覺島又離自己近了一些。在電視前看陳水扁當選，內心不止的震動，覺得被解放。從哪解放，被誰解放，其實並不知道。陳水扁發表當選感言的同時，屋外傳來鞭炮聲，那一刻感覺自己真正活在這座島上，與外面的世界一同跨過了舊時代。在一週感想寫為台灣完成政黨輪替感到光榮、開心云云。週記發下來，獲得扁迷老師大大讚賞，眉批寫了好幾句，一時覺得自己真是大人，後來才明白不過是拙劣的模仿。

那是我對時代翻山而來攪亂小鎮的最初回憶。

此後數年跑馬燈過去，看著新聞上，隨著八掌溪事件、唐飛辭職石頭終於搬走、核四停建，陳水扁聲望持續走低。三一九事件那天，在花蓮高中上課時忽然傳來別班的驚呼聲，同學竊竊私語：總統中彈了。課堂間立刻打開電視，全校同學從來沒有這麼認真過。回家途中，像走在懸崖邊上，一路膽戰心驚。霎時島內一片肅殺。島與孤島再次連結。

後來北上讀書，在島的中心生活，逢寒暑假才回去。車程從四個小時縮短到兩個小時多，普悠瑪之功；車程縮短，家鄉反而更遠。其餘，在讀書與戀愛之餘，不過是偶爾的輕輕的地震，震央花蓮。在台北日子過得很輕，彷彿只是暫時懸掛在這。大學以半荒廢的方式度過，有時在租賃的房子裡晃蕩發呆，不禁會想這就是了嗎？這就是當年那個花蓮小子想與之聯結的世界嗎？想像島的歲月變成回憶，或者說坐實了對島的想像。讀了一點書，認識了一些人，談過幾次無謂的戀愛。在台北讀到楊牧的《奇萊前書》，寫到太平洋戰爭末期的花蓮，像是禁斷的過往。讀到七腳川溪日本時代曾有阿美族人武力抗警一事，在腦海中搜尋地點，竟是花蓮舊家對面的大水溝。大學末期看陳水扁舉起雙手的手銬，看另一個總統上位，看佛佛滅。大小事雖在其中，總有種遙遠的奇異感，覺得這一切與自己無關，看什麼事都淡然如有隔。後來想明白是因為有個地方叫故鄉可以容身，說逃就逃，雖然抵達的車票很難買。

研究所以後，更少回鄉。研究所念到這般地步無力回鄉面對親戚，遂以局外人的方式在台北重複日子。重複了幾年，經歷幾次人生的崩盤邊緣。慘到曾在半夜躺在羅斯福路上的公車亭哭，其實宿舍不過在幾尺之外。現在回想那些日子都難以描述——太過無聊，連作為談資的本錢都沒有。後來的後來，島上許多事都看似自然的參與其中。原來所處的時代是這個樣子，對於坐實之後的島，有好多不滿，為何是這樣，為何不是那樣。有另一類人與我對島的想像截然相反，妄想許多記憶從來都不算數。其實也沒什麼，一座島嶼，各自意淫，彼此都覺得自己意淫得最純情。

新建案、煙囪、標語布條、違法集會舉牌，持續立於島。

從前自小鎮望出，在想像裡，島的樣子是中央山脈與海岸山脈之間的天空，從小小的視野想像大大的島——後來才知道島也就這麼小。北上數年，漸漸開始改從島望向山裡的小鎮。島還是一樣小，小鎮已縮至模型般大小，不斷在記憶裡搬運鎮景，想把它們擺在正確位置——瀑布，圓環，舊家，國中，以前最愛的玉里麵店，打過一天工的羊羹店——小鎮太小，在記憶裡統統擠成一塊。幾年前春節返鄉，看花蓮市街掛滿大紅燈籠，從火車站一路張燈結綵到吉安鄉山邊。友人說這是縣長花蓮王的政績，增添年味，挺好的。街上玉石店林立，招牌一律惡俗的紅底白字，都是專事陸客的店家。友人說花蓮房價買不起囉，他在吉安鄉文化十三街的房子漲了多少，還好是幾年前買的云云，半是哀怨半是慶幸。慶豐村一排排新建透天厝，美輪美奐，但夜時總無光，遙遙與海岸山脈相望，像誰的墓碑。花蓮與島真是連成一氣了，連島民瘋狂的黃色小鴨在鯉魚潭也有複製版紅番鴨。輸人不輸陣，大概就是這個道理。一台車一票人，搶灘七星潭；在故鄉生活之必要是逃離觀光客，友人說他都避開那些熱門景點，哪裡哪裡也不能去囉。晃到市區自由街吃蛤仔煎，俗稱溝仔尾的此處，老花蓮的風月之地，住戶掛滿反拆遷的布條，友人又解惑似的說明溝仔尾要蓋起來了，住了數十年的違建戶不想走，據說還搞到以死相逼。既視感油然而生。友人接著說這時候該閃啦，不然晚點市區超塞，跨上機車絕塵而去。號稱四大族群比例各占四分之一、保留最大日本移民村的花蓮，變成中國的複製城市，大約在此時。

走到中山路上，遠望中央山脈，至少山還是山。
新建案、煙囪、標語布條、違法集會舉牌，持續立於島與花蓮。

回到台北，生活務必認真，叫作故鄉的地方已不能收容撤退者。去年三月也曾認真了一回，在人潮推擠中想起當年在玉里偷偷跑去參加的集會，那種想與世界產生聯結的欲望。但我已經在這裡了啊。然後又是選舉，戶籍遷到新北因此也能選擇：要水牛伯還是2.0。投票的時候，總覺自己在假裝，假裝是在地人，假裝自己有選擇未來的可能。開票完台灣又不一樣了，或者還是一樣，沒差，五十年後都不是自己的。手機響起，花蓮友人打來，問說有無回去投票，支支吾吾難說出口投了但不在花蓮，彷彿自己是叛徒。背景傳來鞭炮聲，猜是花蓮王正慶祝繼續當王，聽不清對方說了些什麼，也沒向他問起近況。

家鄉現在是什麼樣了，掃墓的時候就知道了。

● 作者簡介

翟翱

一九八七年出生於花蓮，現居台北，生理男。大學就讀中文系，研究所念了一趟台文所。曾獲幾個不重要的文學獎。目前在社會生產線上擔任報社編輯，等待生產線瓦解或被淘汰的那一天到了。同時是電子刊物《秘密讀者》編輯成員。

其實我也想原地解散

◎朱宥勳

●搞不清楚重點的世代

說到「世代」問題，我首先想到的是和哲普作家朱家安主講的一場座談會。那次座談會的主題，是針對媒體推出了「語言癌」的概念，指責時下年輕人說話充滿贅字，需要語文再教育的反擊。我和朱家安早都對語文教育的議題發表過不少意見，立場鮮明，加上活動的宣傳管道是網路，所以當天的聽眾大多都是和我們年齡相近的年輕人。但也有例外。會中，有位年長的熱情聽眾，從自身經驗發表了非常長的談話，一開始舉證某些職業當中「贅字」之必要，到後來卻不知為何轉變話題，幾次重複：

「所以我覺得，現在的年輕人就是常常搞不清楚重點在哪裡。」

這話每說出口一次，我就感覺現場空氣緊縮了一點。

不知道多久之後，我終於找到對方停頓的空檔，拿起麥克風切入：「容我提醒一下，根據過往的紀錄，在我們兩個面前批評年輕人是一件很危險的事。」

全場大笑。

事隔許久，我其實一直有點後悔，想和那位聽眾道歉。在那一瞬間，他其實是無辜的，我之所以能藉他引爆全場的笑意，是因為他在那個場子裡是某種異質性的，和「我們」不同的存在，包括年齡、觀點、思考方式，和對學術討論規範的無知。不得不說，當他講出「年輕人搞不清楚重點」的時候，我們這些被指涉的「年輕人」恰恰知道最搞不清楚重點的人是誰。在這層面上，他和那些炮製出「語言癌」這個假議題的「大人」是一樣的，他們面對一個陌生的世界，於是把所有的不順遂怪給最新生的世代；但他和那些掌權的「大人們」卻也有關鍵性的差異——他也是被那些包藏鬥爭之心的世代論述傷害到的人（他的職業就需要使用大量的「贅字」），雖然他並不屬於我們這個世代。而且，更大的差別是，他是善意的，願意對話，所以願意來到這樣的場子，不像那些至今還在掩耳騙自己的社會賢達。

但是，在當下那個場子，我並沒有辦法細緻地察覺到這麼多區別，握有麥克風的我甚至有些卑劣地，利用了他不自覺建立起來的世代藩籬。在那個敵（？）弱我強的態勢裡，我過於輕率地驅動能夠團結我群、反擊他群的說法，卻沒能體解「他群」之中也有和我們同受壓迫與歧視者。

● 每個時代都有的七年級

這起小事件，不就是「七年級」世代處境具體而微的象徵嗎？民國七十年後出生的我們，最年幼的剛剛大學畢業，最年長的已在不斷衰退、惡化中的台灣社會裡面打滾了第一個十年。做為台灣史上平均學歷最高、學術訓練最佳、受惠於教育改革和民主化，無論在知識上還是專業技術上都最精銳的一代人，卻必須忍受前幾代人錯誤決策的苦果。對現實忍耐也就罷了，偏偏時不時還會有得了便宜還賣乖的既得利益者，把一切責任往根本還沒有舞台可以一展長才的我們身上推。正如同「語言癌」議題，是誰提供了劣質的語文教育？是誰建立了服務業和媒體業應對的標準程序？是誰造成了如此惡劣的勞動環境和消費文化？但最後錯的好像都不是「誰」，是我們。台灣是這樣一塊樂土，平庸無知的人可以身居高位，一邊製造問題一邊把問題推給剛好最缺乏資源的一代新人。

當他們感嘆「一代不如一代」的時候，我是同意的，只是方向剛好反過來。

因此，「七年級」本身是什麼樣子並不重要，它只是剛好在此時此刻，擔當了最年輕的社會人這個角色。它脫離了學生身分，因此稍多了一點社會資源和能見度；但這一切又不足以逆轉整個壓制結構。可以這樣說，每個時代都會有一群「七年級」，每一個只因年齡就遭受不平待遇的世代，也許統統可以命名作「七年級」。

於是，在我們所能掌握的場域，很容易形成一個內聚的、團結的、同仇敵愾的狀態。所有「外面」對我們的壓制，在這裡全都取消。如果有誰膽敢拿著「外面」的那套邏輯進來指指點點，那就等著遭受強力的反擊。網路如此，PTT如此，小到「語言癌」座談會（和其他同類型活動）的場子也是如此。我們塑造了強力的主場優勢，設立了高標準的發言門檻、應對節奏、淘選邏輯和檢核機制，那些仗著在「外面」行得通的年齡、資歷、頭銜等社會資本橫行的「大人」，特別容易在這樣的場域踢到鐵板。連勝文如是，蔡正元如是，李蒨蓉如是，在網友心目中「黑掉」很久的洪蘭和李家同亦如是。網路社會學理論有言，網路的特徵之一是身分脈絡的缺乏；剛好，「七年級」最大的劣勢就是身分脈絡，去掉這個，一切就容易了。雖然把「我們」放到人類史尺度來看並不算特別優秀，但要應付在各種特權庇蔭底下悠然過活的老草莓們，很夠了。在「外面」贏不了，在「裡面」怎麼還能輸？

嚴格說起來，這不算是一種良好的文化氛圍。驅動一切的是被壓抑之後的怨恨，攻擊性來自於無法正常釋放的能量。有時它確實會誤傷抱持善意的無辜者，如同座談會裡那位年長的熱情聽眾。但只要這個社會繼續把壓力往下送，這樣的對立態勢就不會終結。恨是一種很難衰退的能量，讓一整個世代抱著仇恨成長絕對不會是好主意。「七年級」會有第二個十年、第三個十年，有一天它也會補滿自己的年齡、資歷和頭銜，而且這件事已在進行中了。

● 不能喊停的理由

在文學的領域，二〇一〇年應當可說是「七年級元年」。從這一年起，眾多文學刊物注意到這個世代，策畫相關專題和活動；同代人也開始嶄露頭角，陸續出版第一本著作。前文所述的世代壓迫結構，也幾乎原封不動地複製了過來——在這層意義上，我們確實能說「文學反映了現實」。前輩作家不需要讀我輩的作品自是常態（其實我是懷疑某些前輩作家連書都很少在讀了吧），不過不讀不認識，也可以把文學環境的惡化怪在我們頭上，這就是正宗台灣本色了。比如前幾年流行把一切都賴到文學獎作品水準低落上，但到底是誰選出這些「低落」的作品並且為之背書的呢？或者有昔時的天才新秀作家，不知為何常年都有重要評審席位來發表世代歧視之論，卻連文學研究生都說不出他到底寫過什麼重要作品。當年被視為天才的作品，現下看來也只是尋常的抒情日記，我每個月去不同高中評文學獎都會看到更好的。這麼說來台灣文學真是遍地天才，只可惜同學們其生也晚，縱然寫得更好也無法靠它吃個幾十年老本了。再有經典級的作家，大概是感嘆銷量下滑吧，放言「年輕世代只讀比自己年輕的作者」，以此論證新生代文學水準崩壞，讓我大驚原來自己十六歲時就如此衰老，身邊朋友、學生一個比一個老靈魂。

他們從自己的書賣不好，推論出文學衰落，然統統歸因給我們，把我們描述成沒有文明的族類。我只想說哈囉，你知道臉書上有兩個分享與分析現代詩的粉絲專頁，追蹤人數都超過一萬人嗎？你知道操作這些專頁的人和他們的讀者年齡層在哪裡嗎？

他們的攻擊只是將自身的無能與恐懼轉嫁給年輕世代，看能不能把責任「外銷」掉。文學圈的「七年級」建構，就是這種攻勢的反響。也是複製「六年級」「8P」的模式，結集發聲以壯行色；結果大概也會像是六年級小說家們，各自撐起一片天（或退出戰線）後，就原地解散吧。世代論述是歧視的結果，也是歧視的根源，當不對等的權力關係消失，這種劃分就完全失去意義了。沒有國民黨，就沒有二〇一四年風起雲湧的七年級論述；沒有某些前輩作家，也不會有文學圈的七年級集結。我每次重新翻閱六年級的《百日不斷電》，都會有種時空停滯之感。八年級已快要出現，九年級第一代現在也念國中了，為什麼裡面所有問題都還沒解決？我們到底還要打轉多久？

可以喊停了嗎？說來弔詭，在二〇一一年，我和黃崇凱主編《台灣七年級小說金典》，被視為小說寫作者「七年級」建構的主要節點以來，我一直想問：可以喊停了嗎？我還真怕我們留給八年級、九年級的世界，是一個還需要集結為八年級、九年級的世界；該不會還要湊一組十二年國教吧。我多希望所有壓力及於我們為止，文學圈內排資論輩、向下歧視的風氣能夠終結。我常常覺得，一九九〇年代馬華文學出了一個黃錦樹，其意義不僅止於「放火燒芭」，而是他頂住了所有壓力，撐開接下來二十多年馬華文學百花齊放的空間。那台灣呢？誰來改變那些大家習以為常的「大環境」和「前輩」所製造出來的問題？

這或者就是「七年級」文學寫作者繼續集結的「階段性任務」了吧。在那些仿若抄襲自現實政商人物的、停止進步的老草莓們罷手之前，我們還要為後來的人再頂一陣子。

● 作者簡介

朱宥勳

一九八八年生，畢業於清華大學人文社會學系，以及清華大學台灣文學研究所。曾獲林榮三文學獎、全國學生文學獎、台積電青年文學獎。已出版個人小說集《誤遞》、《堊觀》，評論散文集《學校不敢教的小說》，長篇小說《暗影》，與黃崇凱共同主編《台灣七年級小說金典》。目前任月刊《秘密讀者》的編輯委員，並於「鳴人堂」、《蘋果日報》、商周網站、《文訊》等媒體開設專欄。

都是自由惹的禍

◎林禹瑄

他們說一切都是太自由惹的禍。「你們哪，就是太好命。」他們說，帶著半嘲諷半羨慕的語氣，一聲嘆息後眼神飄得老遠：「哎，想我們當年啊……」

當年啊當年，歷史課本裡考了又考的內容你們倒也是倒背如流的：民國七十年退出聯合國，民國七十六年解嚴，民國七十八年柏林圍牆倒塌，民國七十九年冷戰結束。閃閃耀耀的黃金十年，台灣錢淹腳目，薪水翻了十倍，股票站上一萬兩千點，李登輝還是李總統登輝先生的年代，人人生來都帶一打金湯匙，少子化之下眾多長輩搶著疼。你們七年級就是好命。你們這些好命的七年級。

他們翻來覆去地說，你們從小聽到大，也覺得自己的確好命。民國八十年開始網路普及，電話撥接一路連到免費Wifi，快還要更快；民國八十二年第一台手機上市，爾後各廠牌型號前仆後繼，前十年要小後十年要大還要方便自拍能聲控，每年都有新機換來新希望；民國八十三年廣設高中大學，多元入學取代苦悶聯考，大學錄取率十年裡漲到接近百分之百，大學生和花花綠綠的才藝班參考書一樣滿街綻放；民國八十五年總統直選，四年後政黨輪替，民主從口號變成選票，二十歲一過好像就變成一個更有價值的人。在你們成長的歲月裡，世界如同萬花筒般不斷翻出各種華麗面貌。科幻即真實，日常若夢。

好命的你們，無限可能的環境。躲過撼動全島的大地震，跨過千禧年，末日危機解除之後，未來像烤爐裡的麵糰繼續以驚人的速度膨脹開來。網路店鋪從雜什小物一路賣到房子車子甚至愛情，眼鏡手表紛紛植入晶片，除了人腦所有東西都正變得更有智慧。你們幾乎要擔心，會不會機器貓就要提前出現在這個世紀？會不會你們再也沒有幻想因為一切都可以是真的？

「有什麼好擔心？」一路從第三世界活到已開發國家（某些政治正確的場合你們甚至還不是國家）門口的他們不懂：「你們有什麼不好？」

你們也不知道有什麼不好，從小你們跟著眾人一起上學上補習班，一起在考試卷上認識自己。你們是富裕的一代，充滿夢想的一代，你們有平等安定的社會和烏托邦一樣的家——極權、貧窮、戰爭都已經在上一代或者更上一代結束，再也沒有更可怕的敵人等著你們這些二十一世紀的主人翁。

沒什麼不好，你們只是在二十一世紀轉眼過了十多年之後，終於離開美好的校園，歡歡喜喜進到美好校園裡重複許多次的美好社會，然後愕然發現所有美好原來是一場騙局。金融海嘯後每年都年關難過經濟不景氣，新聞言論自由換來媒體素質低落，街頭抗爭來來去去公平正義越喊越卑賤縹緲。寶島變鬼島，新世代變成崩世代，太陽花變成曇花，烏托邦卻依然還是烏托邦。

已經不是那麼簡單的世界了，你們卻也說不清楚自己真正擔心的是什麼。非黑即白的強人年代過去之後，一切都可以作假，一切都值得懷疑，撲克牌華麗圖樣的背面盡是駭人真相——卸任總統淪為詐欺犯。美國做為世界警察兼盟友不過是一介殘暴二手軍火商。宗教慈善組織悄悄擴展成濫用土地的大財團。香精塑化劑查禁一輪這個那個不能吃之後才發現一代人都吃著餿水油長大。謊言被拆穿後才成為謊言，神話崩壞之後你們才發現那畢竟是神話，原來凡事理性科學的你們也曾相信過神的存在。

怎麼會這樣呢？這場翻牌遊戲裡，你們從震驚、憤怒、沮喪再到見怪不怪。日子再難還是得過，飯再毒還是得吃，你們還有自己的人生要面對。ＰＴＴ上人人喊著鬼島塊陶（錯誤選字好像更詼諧無傷一些），最後誰也沒真的逃到哪裡去。週末晚上難得臉書外約會，人手一杯啤酒坐了一桌。念社會的還在考第三年公務員霉氣重得像要可以擰出水；念設計的通宵趕稿賺不到一枚加班費但最氣的是業主根本把創意當複製品；念醫的時薪台幣一百日夜值班在親友面前還得裝得前途明朗值得稱羡；念電機的進大廠後才發現志趣不合想辭職卻顧忌優渥年終舉棋不定；念文學的被繁瑣的催稿校稿挫得才氣盡失完成第一部小說遙遙無期……現實有太多可以抱怨，談起未來每個人卻都沉默了，沉默得那麼慚愧。明明就還有夢，怎麼會這樣迷茫？

還好深夜熱炒店裡滿是失意人大聲喧譁。有人提議乾杯吧，千萬畫素手機拍了張照上傳打卡，看到按讚數慢慢增加心情好像就又篤定一些，總算有些數字證明自己的價值，儘管數字後的那些人名大多陌生。真實世界裡你們說了再見，轉身潛回各自的小小螢幕。當代人的指尖焦慮，頁面下滑再下滑永無止境，你們甚至不敢承認那就像你們心底的空虛。

你們甚至就要習慣了空虛。你們存款空空，無車無房，失去對文字的耐性也不善於等待，生活在一個個懶人包之間堆疊起來。你們總覺得這世界太複雜，卻在一次次的輾轉搬遷中，發現自己擁有的原來這麼這麼少；你們知道這世界很大，大得驚人卻也大到可以輕易地把你們淹沒——再也沒有無人到過的冒險之境，沒有偉大不可一世的心靈，你們不過是資本社會裡一個又一個的標準化商品。

好矛盾啊。你們想停下腳步思考，卻停不下這社會對你們的期待。他們說你們人生已經開始得晚了，坐二望三容不得休息轉職；他們要你們有國際觀，卻只願意付國外三分之一的薪水聘你們出國苦讀的學歷；他們在各地蓋起法國村希臘別墅嚮往歐風精品，卻在你們提出同居伴侶法解放乳頭時嗤之以鼻說那是西方人的價值觀；他們責怪你們成天追求小確幸，卻在你們勇敢走上街頭的時候要你們不要管那麼多盡好本分快快成家立業才是正道。

你們困惑了。一上網就能發聲的年代，全民監督政府的年代，一張機票就能出走一百四十國免簽的年代，你們不知道自己怎麼還是活得像在泥沼一樣。黑箱政策抵制不了，無能立委的罷免案喧騰一時還是無疾而終，名人出軌的新聞輪播多日眾人邊看邊罵卻又捨不得轉台。有時候你們也懷疑，到底是這個繁複的體制出了差錯，還是其實你們自己有問題。

「年輕都這樣啦，」他們又說，帶著你們最欠缺的那種倨傲。「你們老了就知道，都一樣啦。」

有時你們的確也想和他們一樣，在自己畫好的界線裡理直氣壯，用金錢衡量最純粹的幸福。你們也想像他們說的，好好讀書考好學校，好學校畢業找好工作，好工作帶來好家庭，好家庭養出好小孩，好小孩繼續下一個輪迴光宗耀祖。現實逼人太近，環境保護性別平等居住正義都和年少時的夢想一樣遙遠，無聊時碎嘴哀嘆一陣也就過了，反正政府就和人生一樣，永遠不會令人滿意。

但你們怎麼可以？潘朵拉的盒子已經打開，你們怎麼可以重新關上門，掩起耳朵，閉上嘴，繼續小小島上現世安穩歲月靜好的日子？你們怎麼可以不意識到，自己已經不能再是一個功利至上別無他求的島民？

你們這才發現，最壞和最好的年代早都已經過去，只剩你們尷尬地晾在這裡。原來自由是這麼回事，所有未能定義的都變成極力保持的現狀。這島像船，你們被困在上面漂搖度日，沒有不容質疑的信仰，也沒有不能推翻的高牆，你們也再造不出任何信仰和高牆。你們長到今天，才發現生命沒有任何一種絕對，而你們還得繼續往前走，跨過一條又一條越形清晰的界線，試圖越活越清醒寬容。

每天你們都有新的議題要思考，新的資訊要篩選過濾，解釋了自己的焦慮之後，還得解釋下一代甚至上一代的焦慮。面對這個越來越難拯救的世界，你們不知道會走到哪裡，甚至也走不到哪裡，革命之後還有革命，戰鬥之後還有戰鬥，你們看見自己的渺小，卻也只能相信渺小的力量。窮忙讓你們疲憊，也讓你們富足。

都是自由惹的禍。但你們還是好命的七年級，你們還有時間，儘管你們窮得只剩下時間。

還好，你們還有時間。

● 作者簡介

林禹瑄

一九八九年生，台灣大學畢業。曾獲時報文學獎、宗教文學獎等。入選《七年級新詩金典》、《2014台灣詩選》等選集。著有詩集《夜光拼圖》、《那些我們名之為島的》。

卷三

身分尋索：摹寫失焦的輪廓

脫胎

◎吳妮民

然後，你就來到了三十五歲。

如有那幻中之鐘、虛無沙漏，懸浮在空，只消你停步即看見：那玻璃沙漏巨大、透明，細沙不斷通過窄頸簌簌滑落，唰唰，唰唰，唰唰唰……底下一錐沙丘正在生成，上面一捧沙粒就要盡漏。不知不覺，你雙腳已經跨上醫學定義高齡生育的分界線。

——啊，道阻且長，舉頭四顧心茫茫。偶爾你想，自己是怎麼一路走到這裡的呢？靜下的瞬間，你怔怔數算，七年大學，五年住院醫師，待這些都完成時你三十一歲，至此你方真正當完了學生，而你，便是在那年結婚的。這並不特別遲，因為整個晚熟世代的初婚年紀集體延到三十幾，且你同行之人大多做了與你相似決定。若有人畢業後馬上成家，數年後攜子出席了同學的喜宴、任幼童在場子上嬉鬧跑跳，你們反倒會說，噢，他好早婚。

所以，臉書上的嬰兒照片大舉襲來，就是這兩三年內的事。隨意滑滑頁面，此處彼端，總有新手父母興奮張貼的每日速報：溢奶吐舌、打呵欠、睜眼無辜、會站囉、會走了；底下則例必吸引來幾條回應，「好萌！」「可愛！」「完全爸媽的翻版啊。」

令你自己都意外地，逛完那些色度明亮的親子圖片，心裡卻沒怎麼嚮往；傳說中，那種專屬這年歲為抓住黃金生育期尾巴突然泉湧的熱切渴望，至今不曾降臨你身上。你竟是結婚後才發現，少女期起以為成為母親理所當然的憧憬並不是理所當然的。你逐漸變得如此，暗暗盤算的家庭結構，是三人以上一起生活很好，只有兩人，可能也不差吧。

著急的自是你倆長輩。婚後，血親姻親協力催生，偶爾打鼓陣容還插進鄰居及路人，戰後嬰兒潮出生、一窩手足中長大的他們舉例：誰誰誰，生了幾個，現在好命了；想當年某某二十八歲前，三個孩子就生齊啦。相見缺少話題時，左一句，「養兒防老啊，」右一句：「趕快生一個給你爸媽玩。」那勸誘語氣，彷彿你會產下一張銀髮族保單或一套安親玩具。對一介將被創造出來的新生命，你覺得這些理由實在太潦草輕率，尤其不信甚防老之說——在醫院見慣的，有病患擁兒女或五六人、或七八眾者，可後來發生的事，不用問，大家都聽過。

你不為防老，其實你喜歡孩子。

你著迷於孩子最原初的語言行止及目光。

躊躇、迷惑，或許只源於你怕。你猜，如果一塊肉曾經連著你，而它掉了，那應該是很痛、很痛的。有時，你想起某個值班夜，婦產科，還當實習醫師那年。夜極深，一名孕婦被急送入手術室，她的肚子有五個多月，你被 call 醒時就知道，這檯急刀主要是因為孩子保不住了。果然婦人才進房沒多久，主治醫師剛把不鏽鋼彎盆擺在她胯間，一道溫熱水流即從她產道奔出，接著，紅通通的胎兒順水滑落，恰恰掉在那個銀亮盆內。

一切很快就結束了，你不認識的那位準媽媽產檯上捂臉哭喊，「我太不小心了……我應該要更小心的……」哭聲粗啞、劇喘難抑，你聽出她的內疚，撕心裂肺式的。然後，像舞台劇落幕一樣，女人連床被推出開刀房，她懊悔不已的哭泣在凌晨空寂的走廊上迴響。

現在，只剩你一人，和他。你眼光投射到綠色布巾上的彎盆。那流掉的胎兒，由你負責處理。其實他沒有馬上死去。你屏氣凝神望著，二十幾週的孩子，原來生得如此啊——五官都有了，眼皮尚闔，小鼻小嘴，頭部比例異常地大，頸子以下接著小小身軀，四肢細瘦，尺寸未盈巴掌；他皮膚像果凍，赭紅透明，質地光滑，好似一尾初生蠑螈。那一刻，最安靜，你看見他的心臟在跳，暗色一球，被裹在薄薄胸腔裡，有節律的震顫，一抽一抽撼動了整個身體——但他注定不會活的，你早有數。這胎齡，肺泡發育不全，離開子宮的他，最終會因無法呼吸而血氧耗竭。於是你站在那裡，幾分鐘內，注視著他越來越衰微的心跳，直到肉眼再也無法辨識任何細小振幅。

你判定，他死了。按照程序，你把他裝進乾淨醫用塑膠袋，放入紙盒。此間，某個角落有一具冰箱，裡頭堆積同款紙盒數匣，所以你也把那孩子放了進去。天亮後，會有人來收走的。

彼夜在你生涯中將永被記憶，你目睹胎兒的夭亡，與一個母親深沉的哀傷。只不過是目擊、還未親身經歷，那哀傷之巨大就已讓你懼怕。你害怕著悲慟之所從來、那股可怖的愛的力量，它使人痛楚，使人嚎哭。你想到便悚然，這神祕難解的力場，有一天也會操縱著你嗎？

如果可以，你不要為了誰身不由己。你不願意如此執迷。

因而，在你的朋友對著你聊起她兩歲大的女兒、陶醉地說出「〇〇真的好可愛，我好愛她」時，你一邊覺得好甜，替她煥發的幸福感到喜悅，一面又為那終究要化作嗔癡的母愛，心生傷感。

愛果真令人傷感。你見過有人為孩子甘願一生奉獻，無怨無悔；也見過有人元神崩毀，卻不得不愛。某天你在飛機上看了支影片，《一首搖滾上月球》，看完不禁潸然，那是紀錄片，描述六位罕病兒父親互相扶持圓夢的經過。鏡頭進入他們的家庭，你看見夜以繼日的抽痰、翻身、餵食，龐大的疲倦，使得組團練唱的短暫喘歇都如此珍貴。這還是極端的例子。回到你身邊，一個文字創作者直截告訴你，她至少有十年的時光被偷走了，期間，睡眠讀書寫字皆是奢求。你在診所的老病人，一名患乳癌、黝黑矮壯的中年婦女，她身邊總帶個二十來歲的青年，為怕冒犯你始終沒問，不清楚青年究竟得的是什麼病——他身體會不由自主搖晃，口中發出無意義的尖銳叫聲——

但你明白這孩子只要醒著的任何時刻，他的母親便得把所有精神投注於他。然後你又想到那個學姊，她講話時微亂的髮，側臉的輪廓線，失焦的眼神。她說兒子是個行為異常兒童，每日她下班回家，就是幫忙看功課、處理諸多生活瑣事、與兒子作戰，她喃喃：「唉……小的時候，至少他還有一點點可愛……」學姊的話打住，你們便都沉默了。

愛的對手，竟是漫漫折騰。

那且擺脫桎梏、避開折騰吧。你的朋友中，有些打算貫徹主張，不婚也不生。他們年紀是不小了，但也不覺得自己老，悠活在自己的時空裡，把握今生每個當下。你羨慕他們決絕果斷、抵得住親友之口，而你腳踩紅線，還在猶豫，沙漏已經要流光。「且慢……」你對著內在的時鐘呼喊，唰唰、唰唰……它仍不止息地分秒前進著。

你惴惴幻想，有一天，當一顆卵真的被點化成胎，胎著了床，它引動的荷爾蒙潮汐，和餘生所有考驗，難道不是一條取經之路嗎？你將歷浮腫孕吐、生產苦、諸多擔心受怕、繳出珍貴自我，若渡流沙河、火燄山，把日常過成一樁修行。當你的孩子天真叫喚，「媽媽！」「爸爸！」而你們無意中應答：「有！」，會不會咻地一聲、俱被收服進紫金紅葫蘆，化為膿血？

猿熟馬馴方脫殼，功成行滿見真如。沒有幾番操勞，不是父母；未經劫難，不是父母。

——三藏取經，最終來到靈山大河邊，獲接引祖師撐船相渡。他與行者、八戒、沙僧等一同登舟，待上了船，往下望去，才見那是無底之船，河水泱泱，一個死屍從船下流去，三藏大驚。是他的樣貌。「是你！是你！」一干人等皆在旁邊拍手笑道。是我，是我。我站在無底船頂，目送前半生那副凡胎皮肉，她在河裡，悠悠蕩蕩，順水漂走。

● 作者簡介

吳妮民

一九八一年生，現執醫業。出版有散文集《私房藥》及《暮至臺北車停未》。作品散見各媒體，曾入選《九歌一〇〇年散文選》、《九歌一〇四年散文選》、《散文類》等選集。

流動的課室

◎曾琮琇

走進課室，啟動日光燈，推開僅有的幾扇窗，凝滯的空氣流動了，針一般的細雨為風所挾持，一些打在強化玻璃，一些落在窗台的邊緣，聚集為點點滴滴或大或小的水珠。你翻開講義某頁，「……她縱身入水，幾乎沒激起什麼水花，手划腳踢，一忽兒就游到池中央。前行如箭，動作流暢從容，除了偶爾的一點泡沫和探出頭來換氣，她在水中沉靜自得，如一尾魚。」（章緣〈更衣室的女人〉）這是你們今天探討的小說文本，主題是女性形象與同志書寫。你一邊回想文本中，身體自覺與權力宰制的關係，一邊思考接下來的討論課如何行進。

這門課屬於人社系的必修學程之一，修課同學兼具人文學敏感的感受力與社會學敏銳的觀察力。他們雨零星散地，在馬蹄形課桌前坐定，出席的人數不到修課人數的三分之一，除了幾位不知去向，許多同學在課前通過 E-mail 先行告假，事由皆是參與觀察勞工陣線發起的遊行活動。你望著有些空寂的課室，拋出一個討論話題，「文學與社會運動的相似性？」

這課題也許是你自己的困惑。

「都是為弱勢發聲，教我們『同情』。」戴眼鏡的女孩仰著頭，聲音細柔而堅定。文學是在教育我們同情，白先勇好久以前也曾經這麼說過。

「文學是衝撞心靈，社運是身體的衝撞。」這個纖瘦白淨的大男孩常無故不到，作業遲交，即使人在，魂魄或也不安於室，雲遊他方。可是這回，他投來的眼神炯炯，透露著某種早熟的憂傷。他停頓了兩秒，反問道：「助教，你知道肢體被警察強行架著抬走，重重摔下的感覺嗎？」

身體的衝撞，那種感覺是什麼感覺？被迫肢體懸空，是什麼感受？窗外，鐘塔巍峨，風雨飄搖，青山默默，你在人社院的討論課，而多數討論課的孩子們正在風雨中的街頭，為許多弱勢的勞動族群發聲。確實，你不曾經歷，遑論感覺、感受。你讀過劉克襄〈結束〉所塑造一個革命青年的形象：「畢竟我快三十出頭／逐漸喪失許多勇氣了」，描寫時間風蝕之下的革命青年最後放棄理想，與現實不得不的妥協與無奈。

之所以印象深刻，也許是因為你正在經驗詩中的敘事經驗。有一次，你在路邊停好摩托車，走進某家連鎖早餐店點了培根蛋餅權充午飯，店裡沒有開燈，除了一個店員，只有兩個看起來臉色與衣著一樣慘澹的中年男子。他們面無表情地抬頭瞄了你一眼，繼續低頭盯著某水果日報，咀嚼重組肉堡或三明治之類的輕食。接近正午，店員把油鹽等瓶瓶罐罐歸位，把騎樓下的摺疊桌椅一一摺好，收進室內，而外頭是燦燦的天光。穿著制服的那些階段，總有一些時候，可能是一些病痛的理由，或因某些校外的比賽得以公假；不用參加小考了，不用升旗了，不想寫的作業也可以因此虎嚨過關，可你沒有因此感到喜悅，仍然渴望回到那個充滿規則和秩序的圍牆內。你以為你已經逃離那個圍牆很久，其實沒有。但就在那一刻，他們不經意的一瞥，讓你感覺，你是顆生綠豆，不小心掉進煮沸的紅豆泥，那樣不合時宜。

是的，不合時宜，彼時你年過三十，尚無法自立，許多勇氣已經喪失，也漸漸失去聲音。和你一樣的同代人步入婚姻，家庭幸福美滿，工作穩定，而你困守在一堵學院的圍牆，學習成為一個懂得應對進退，察言觀色的順民，像株附著於水泥建築的爬藤植物。你苟且度日碌碌庸庸，一腳陷溺於學位論文的深淵，另一腳剛從一段感情的泥淖奮力拔起，載沉載浮，儘管日日赴研究室打卡，打屁打混遠遠勝過研究。然而，你惚惚想起自己好像也曾有過衝撞的衝動。

那是更早更早之前，你十四歲，成績平平，好鳴不平，對所見的世界充滿意見，當然，也與整個升學主義宰制的教育體制格格不入。因為細故，某個上課日清晨六時半，訓導處空無一人，你孤身潛入，在急功好利的訓育組長辦公桌丟下一封信，信裡是你用非慣用手寫的，說得出或說不出口的汙穢話語，字跡扭曲，歪斜，醜陋，占據一張信紙的所有面積；又一次，你刊登於某報少年版陳述體罰惡行惡狀的短文，張貼在校園必經廊道的公布欄上，引發小小的革命與對立。這些衝撞顯得粗糙且感情用事，隨時間遠去漸漸模糊，它們化為獸，化為魔妖，潛伏在夢境裡，偶爾向你反撲。

確實，你不曾經歷，你不懂，可是你願意朝公理與正義再靠近一點點。是這些大孩子在空寂的課室喚醒你——他們剛跨過指考學測的門檻，大學之道之大之遼闊，迎新之外還有期中考之外還有期末報告還有社團活動還有愛情學分，然而，他們仍願意用他們的肉體去實踐所謂同情，去信仰他們信仰的真理。你記得黃荷生〈未來和我〉這樣說：「且帶著一個弟弟，在街頭／在昨日逃逸的一陣沙塵之後／他告訴我，淳樸如何鍊得。」你在現實種種的齟齬、挫折與傷害中逐漸長成未來的你，沉默，孤獨，彷徨，喪失許多勇氣，這些大孩子或許就是過去的你吧，又或者，把過去的你自己喚醒；他們走進課室，或者在課室之外，告訴你，或不告訴你，如何把勇氣一點一點拾起。

● 作者簡介

曾琮琇

一九八一年生於新竹，畢業於清華大學中文系博士班，現任科技部人文社會科學研究中心博士後研究員。著有一本詩集《陌生地》，一本詩論《台灣當代遊戲詩論》，博士論文《漢語十四行詩研究》。

賣夢的人

◎言叔夏

晚上偶然重看了敕使河原宏的《他人之臉》。多年前買的片子了。真的是好雷奈的一部片。在Media Player上快轉之際，驚覺幾年以前的自己，真是多麼地耐煩，可以花很長的時間，鼴鼠般地窩在圖書館的電影播放座裡，像守著一個洞窟般地，直至天黑。天黑以後我背起包包，走入校園無邊的黑暗之中。夜裡的風流線一樣地穿過了身體的孔洞，把我針一般地提掛起來。

我常跟學生們一起看電影，在黑漆漆的課堂上。不看雷奈。看一些色彩斑斕的王家衛物事。某次看了一百零一次的令人討厭的松子，影片播完以後教室的燈未亮，黑暗中隱約傳來窸窣的啜泣聲。那聲音既壓抑而隱忍，像一塊石頭沉甸甸地積壓著一整口深不見底的地井。井底隱然有動物。後來我沒有開燈，在黑暗中假裝摸黑講完了最後的五分鐘。鐘聲響了。我說下課吧。學生們便河流般地紛紛流出了教室了。

我從來不知道那聲音的主人是誰。他為何哭泣？但卻有點珍惜這樣的感覺。我第一年教書時，教室在一幢多媒體大樓的地下二樓。加退選結束後課室異動，又往下掉了一樓。原來這幢大樓整個地下有四五層樓之深，彷彿迷宮。每間教室理所當然地無窗。不開燈時完全漆黑，而且遍布著那種人工空調的奇怪潔癖之感。教室的牆壁永遠刷白，永遠有那種初完工般的簇新清潔，幾乎要嗅聞出幾何形狀的油漆氣味。天花板則一律低矮，維持著一種與日光燈管的極親密距離。不知是否是我整夜沒睡的激素分泌之故，事實上這方正而冷冽的空間裡根本沒有什麼油漆氣味，是那盤根錯雜卻又井然有序的地底空調纜線，讓我有了漂浮於另一無菌而尖銳次元的錯覺。

那是我剛進博士班的一兩年。國文課經常被安排在早上八點。我那從大學時代即日夜顛倒迄今的惡習，又經常使我在工作了一整個夜晚後的清晨裡，直接頂著漸漸光亮的天色出門去上課。從一個地洞前往另一個地洞，中間必須途經一個曝光且反白的清晨。這段路程像是一段搖晃的隧道。無有危險，且光亮一如普通日常，卻總是讓人產生一種漩渦般的暈眩。捷運關門前的鳥鳴聲。車廂裡昏睡而植物般東倒西歪的高中男生們。還有那從車站出口浮出地表時、一整片曝人的白色光線。這光線往往來得太過奢侈，令人不知所措，且讓整條街道的景物清晰得幾乎像是用刀片割劃出來的。因為整夜沒睡的緣故，我總是有一種背著一整個白日的重量在路上行走的感覺。

我不知道我的學生們是不是也是在這樣的清晨，鼴鼠般地從自己的地洞中起床，梳洗（或不梳洗），攜帶那桃太郎般最終餵食給他動物夥伴們的早餐，駛過一條洪流般的白日隧道，來到這個我們共有的地底洞窟。我第一年教書時正是兩千年過後的第一個十年。第一批學生跟我相差將近十歲，這個差距年復一年地增加，無可挽回，且從無餘地。彷彿從火車的最後一節車廂開始往回走，起點遠遠落後，而終點則漫無所終。十年前我從另一個洞窟房間抵達一堂早晨八點鐘的課，教室的四周都陰翳了。心理系來的老師在講台上演練催眠：放鬆。放鬆。你的身體是一架自動駕駛的系統。走路的時候，你並不會一直注視著你腳下踩踏的每一個腳步，有沒有真正對齊地磚的縫。

十數年過去，我早已忘記在那堂課上學到了什麼，卻始終記得這段話，像一個夢境邊緣的泡沫薄膜，護持著那段時光裡的所有記憶，形成一種類似邊界的東西。那時我們在那東部遙遠而荒僻的小村大學裡騎車。從谷地的一頭到另一頭，去一幢孤獨的塔樓。那些建築的夜晚迴廊都曲折而彎繞，充滿夾縫與死角。那些黑夜裡教室外的昏黃樹影與燈都搖晃如同水草。我究竟看到了什麼呢？又或者我什麼也沒看到。我所看到的，僅僅只是心上的倒影罷了。寫作的第一堂課，年輕的H老師說，我們來讀羅蘭巴爾特吧。冰點般的空白零度，降落在憂鬱的熱帶。第二堂課的講義封面，努了努嘴角的倔強史陀說，我討厭旅行。我恨探險家。

回想起來，那究竟是一個什麼樣的年代呢？萬事無聲，未有字詞，只能伸手去指。指頭的彼端，黑暗的洞窟教室，H像個魔術師那樣地從帽子裡拖拉出一長串的花。教室上方的投影機裡有一束光，它忽然就河流般地傾斜灌注進螢幕了；碧海藍天。四百擊。哭泣與耳語。支支都是碩大厚重的VHS規格。後來我在賴香吟抑或邱妙津的小說裡讀到，才驚覺那根本是九〇年代初復興南路「太陽系」MTV的史前遺跡，被整座小型放映室那樣原地搬遷過來，降落在兩千年後東部小村的學院裡。九〇年代末甫來花蓮教書的H會不會是某種遺族呢？像馬康多村莊裡遠來的一個盜夢的人，偷偷帶走上個世代的整座教養流浪到這東部荒僻的村落，在文學院那凹陷曲折的、彷彿被摺起來的教室裡，一夜一夜地播放。那些片子多半沉默得像是一個晦暗的夢境。像一種集體催眠。我老是看著看著就陷入了睡眠的漩渦。亞倫雷奈真是好睡。塔克夫斯基簡直睡進了夢的肌理了。但《鏡子》的最末，燒掉房子的那一幕我倏忽轉醒了過來。在空調極強極冷的暗黑洞窟裡，依稀看到教室前方的投影螢幕上，熾烈而燎原的火光。整個教室都是那種燒進了房屋骨架裡的嗶剝聲響。

電影放完，時代才正要開始。沿著夜裡溼潮的植物氣味散步回家。遠方宿舍裡的燈火，正一扇一扇地熄滅。那些影片裡的沉默與激昂，要在很遠很遠以後的未來才懂得；九二一還在枕畔。整座島微微地翻了身，沉甸甸地又睡去了。簡直我的大學時代，就像這個島嶼睡眠時所作的一個夢。夢境的彼端連接到一方電腦螢幕，和一個密碼般的代號通訊：東方小城，不良牛，批踢踢實業坊。夜裡的BBS閃爍著遠方的星光，像一座永不天亮的夜晚。

我年少時代親密的朋友。各式光年以外傳來的訊號。親愛的C與P與O。他們到哪裡去了？被這沒有邊界的偌大校園給整個吞沒？像那個古老的豬籠草傳說。關於一株草吃了一個人又吐出了骨頭的事。又或者被這巨大塔樓給吞沒的人其實是我。是我走著走著就忽然一腳踩跨進了一條隱形的界線，被旋轉門般地轉進了另一個一模一樣的地方。一樣的演員，一樣的名字，所有人都活了下來了，差別是世界的輪廓忽然鋒銳而清晰了起來。每個名字都有了臉孔。

臉書時代。無夢時代。

用一張臉寫一本書的時代。

C是不是早已回到他雲林老家的小鎮、和他的父親一樣，成為一鐵路旁的平交道看守員？我從沒有探問過任何人。只是在每次途經西螺的南下旅程中，總忍不住隔著車窗簾縫間強烈的曝光與反白，瞇眼看窗外飛逝的紅色橋墩。只有紅色的橋留存下來，在幾無人煙的虛構小城BBS站上，變成一抹早已被時代遺棄的印記。終於有一天，這虛擬的黑色城郭會否也終將骨架崩離，被從這光點般的網路平原連根拔起？如同那些MSN上的紅小人與綠小人。某日忽然心血來潮登入，卻發現那帳號早因過久沒有使用，而被系統自動刪除了。

也許它從來就不屬於我。是我借了一個名字用來說了一個故事作的一個夢。醒來以後，我就成為一個偷夢的人到遠方的馬康多賣夢以維生。維生的意思是：活著。一直活著。每個星期三早晨，我都從一個洞窟移動到另一個洞窟，在人群裡維持一種筆直的姿勢；我整理回憶的邏輯，盡量保持聲線的正確與秩序，預備去一個課堂將它們複述。無奈這白日的隧道沉沉烙在背上，幾乎要把身體的邊界蝕光。這見光死的夢境每被曬曝一次就驚嚇得魂飛魄散，彷彿它們其實只是一群無能暝目的鬼魂。捷運車廂嗡嗡作響的鳥鳴聲。低頭滑著手機的女學生們（如今我也加入這個行列了）。無人知曉的夏日清晨。這班車往景美。那裡的洞窟有幾個早來的學生，或許也正趴睡在那無窗且陰冷的課室。在這樣昏昧的早晨，他們理應有夢。只是那夢裡的景象，再不是我所能理知了。從某個我所不知道的時刻開始，我就被永遠地關在夢外，無能進入，且再不能睡眠。如同多年以前那個夢境一般的電影教室，眼睜睜看一整個時代在螢幕上全部燒光，燒得乾乾淨淨。

●作者簡介

言叔夏

一九八二年生於高雄。求學於花蓮、台北等地。畢業於政治大學台灣文學研究所博士班。現為東海大學中文系助理教授。曾獲林榮三文學獎、台北文學獎、全國學生文學獎、九歌104年度散文獎、國藝會文學創作獎助等獎項。作品曾入選九歌《100年散文選》、《102年散文選》、《104年散文選》、《台灣七年級散文金典》。育有二貓。著有散文集《白馬走過天亮》。

魔山

◎黃文鉅

●過氣殭屍片與錢小豪的男兒淚

永遠的伏鬼道士林正英和他的徒弟許冠英，相繼在一九九七、二〇一一年辭世。近年切換電影台頻道，仍會看見「暫時停止呼吸」的鐵三角：九叔，文才，秋生，熟悉的人鬼爭迭片段輪迴播送，彷彿死者不曾離開。如今，只剩下秋生（錢小豪）唱獨角戲。睽違多年後，五十歲的他，偕導演麥浚龍藉故事新編的電影《殭屍》捲土重來，有意無意寄託了微言大義：過往驚悚片最恐怖的是鬼魅、妖精或殭屍，現代驚悚片最恐怖的，其，實，是，人。而錢小豪幾近自傳式的入戲，究竟居心何抱？

宣傳片段裡，當年二十出頭的俊俏書生早已形銷，鬍渣攀纏，徒剩滄桑、暗沉、憊懶的熟男面龐。不純然因為造形的緣故吧。眼角細紋仍舊雕有桃花，可惜軟爛了。半裸的肉體，不訴求精赤陽剛，任小腹積圈著微微的脂肪。堂堂小生淪成了狼狽大叔。明星光環早已不再，幾年前又爆發偷拍底褲的性醜聞。該說時運不濟嗎。他的存在，具有某種遲到的現代性傷感，像堆沙成塔的光陰黑洞中翻看老照片，沙被篩落時，照片中的物事不經意在太陽底下裸露著光暈的毛邊，澀澀亦色色，牽一沙便節節塔潰。

物是人非萬事休矣。我也曾經欣賞過他。

受訪時，他照舊操著港腔國語，嘆氣。當年一起在電影界拚搏的同儕，接二連三奔向演藝生涯的高峰（比如張曼玉、劉德華），唯獨他，遁入深海龍宮的浦島太郎般在廢墟踏步。別人除了演技大突破，國語精益標準，容貌更是凍齡保鮮——看看張曼玉、劉德華始終駐顏有術——而錢小豪他，究竟是武打演技愁無進展，或是耽於虛名一晌貪歡呢？

總之翩翩飛黃的色彩後來未再臨幸他。

山中七日，世已千年。錢小豪哀悼的恐怕不單是人間寥落的窘況。乃是早期香港電影產業（尤其殭屍片）的宣告敗部，正式邁往另一場好萊塢化的全新紀元。香港九七大限已過，還要面臨多少汰舊換新的生態。在那個所在，所有畫面都被昡眼聲光數位化，無須過多演技穿鑿，只需要行銷與包裝，猛藥、催情和特效。京華煙雲，再不見殭屍蹦跳，道士只能乾瞪眼發愁。取而代之的是生化病毒後遺症的西式殭屍。惡靈古堡，陰屍路。浩劫重生。又或者吸血鬼住在隔壁。暮光之城。一把槍一把刀，人人都可奮勇殺鬼打怪搶救全宇宙。正所謂暴力血腥稱王道，身首四異家常飯。

電影橋段裡，錢小豪一如現實落寞地，選在破敗大樓（出過命案鬧過鬼）的廢棄空屋，上吊自盡。斷氣前，繁華虛境划盡眼前，淚光閃閃落下，停格，放大，那些年一起跑龍套的無名小卒們，一個個以超級國際巨星之姿，躍登好萊塢市場，並在俗氣的漢名之外，取了梅姬，安迪，傑克，湯尼之類殊不知更加俗氣的英文名。

一滴男兒淚，折射整片過氣酸臭的海洋——

錢小豪哀悼的或許是，他自己，居然，成了癱立在棺槨裡的老殭屍，在原地咚咚跳啊跳，暫時停止呼吸的同時，光陰也戛然喊停。他一直在枯等著誰，來幫他撕去額前自暴自棄的黃紙符。

暫時停止呼吸。鬼何寥落，竟也沒有人來。

●盆地魔山與不中用的我

當年，我們是同個指導教授的同門師兄妹。學院掩藏太多不為人知的困境和苦悶，我們這世代老被前輩戲稱草莓族。當年，少子化和流浪教師、流浪碩博士的議題早已炒作沸騰。前輩們有了身分地位、不愁下半生飄零無依，卻撻伐我們這些同樣渴望透過教育來階級流動的晚輩們。大家身處同一條船上，歷史共業（其實用「失業」比較恰當）的現實，卻由我們一肩扛——繼往比較難還是開來比較難呢？究竟誰才是草莓族我忍不住懷疑。新一代知識分子高學歷高失業的處境艱難，全然不亞於殭屍族群的瀕危絕滅。

梅姬師範畢業，是有證照的高中教師。代課多年考不上正式，幾度落榜，莫名其妙考上研究所姑且先念了。家道艱困，開銷一應自行負擔。她用筆名寫言情小說賺外快。兼家教。從沒放棄過教師甄試。每年連考十幾間學校，南北跑透透全落榜，比大樂透槓龜還心灰意冷。我無謂地說：也只能認命啊，我們這一代的人注定是垮掉的、衰小庶格之命。

大學時期我修教育學程半途而廢，後悔極了。念研究所時期彈盡糧絕，索性流浪在各校兼課，得不到正宮的名分和待遇，一樣的鐘點一樣的課後服務（傳道授業解惑，外加永遠改不完的可怕作文），薪水微薄得不成比例。後來重新考上教育學程，卻為了能跟遠距戀愛的對象常相左右而再度放棄。

倘若當時自私一點的話就好了。人往往在最銷魂的當口暈頭轉向失了理智，那必然是癡心絕對的。誰能料想，後來慘遭對方惡意的離棄。就這樣子被甩在一個陽光燦爛的日子，煙花三月，清晨靜默的校園樹蔭下，早熟的蟬剛開始騷動，我坐在車裡，清楚聆聽彼此不安的喘息聲，那話語一脫口便像黑狗血遍灑渾身，冷而腥黏。對方不由分說逼我走，我不能挽留，沒有權利，我失格，我下作，我全身發抖，哪怕對方多次欺瞞、企圖出軌，事後一再乞求原諒，我心軟應允了，到頭來才明白，心軟的人永遠是死得最徹底的那一個（倘若當時自私一點的話就好了）。我推開車門，聽見後方傳來隱約的聲音……「對不起，我想去過更好的人生……」，光明正大地。那幾枚漢字情同世上最齷齪的髒話，吐在我臉頰，怎麼擦也不乾淨……

我和梅姬是夜遊良伴，常流連在深夜的大學操場，或者鎮上唯一一間ＫＴＶ的陰暗包廂。那些地方擁有揮霍無盡的青春和汗水，深情與絕情的嘶吼，無數競技及姿態被大肆展現。梅姬曾脫口問我，「你小時候喜歡玩躲避球嗎？」我說我只喜歡獨立運動，沒什麼存在感的人不擅長融入群體。真的，我只要和人過度親密就會出事。就像是高密度的中子星，任何物體一旦接觸中子星，表面重力將會倍速加乘，產生嚴重核爆。

她問，「當球迎面飛擊的當下，究竟是穩住腳跟接球的人比較厲害，還是在球快觸身之時像兔子輕巧躲開的人？」想不起我回答她什麼，只記得涎著臉隨意開起黃腔（想來我是如此無恥）。那個節骨眼，我從沒正視過身邊日常的裂縫，以致於她曾在電話若有似無的暗示也沒當一回事（我畢竟只是個連冠冕堂皇理由都沒被告知，就毫無預警被甩掉的廢品）。

深夜包廂，不是情人的兩人高唱情歌，一首飆過一首，好像對彼此唱出了什麼，又彷彿什麼都沒唱出口。梅姬唱歌總喜歡開迴音效果，我相反。我戒慎凡事留有餘韻，它讓人萌生某種死裡逃生的驚惶。畢竟太年輕了呀，光陰啊死亡啊憂愁啊還有段距離不是嗎。直到我被別人真心誠意地甩開，才慢慢發覺，梅姬是認真的。她早已先我一步在思考人生的殘酷奧義了。

「如果是我，我會去接球，不接到死也不甘心。」那時她這樣說。

如果換作我，會毫不猶豫用最快的速度躲開。我再也不願讓任何人在我的星球上核爆。

《魔山2：隔山有眼》是我和梅姬唯一一起看過的電影。這部系列電影的情節設定裡，最懦弱無能、最被瞧不起的人將成為倖存者。第一集主角是個老被岳父看扁的窮酸女婿；第二集主角是生性保守被同儕譏諷為娘炮、膽小鬼的美國大兵。他們普遍氣弱、神經質、唯唯諾諾，竟是恐怖故事結局唯一的生還者。《魔山2》有句宣傳語：「運氣好，才能好死」。反觀那些坐擁技能自恃甚高的強者，最後慘遭凌遲，成為斷肢殘體。對手並非鬼怪妖魔，而是遭受生化武器畸變的半人怪，嚴格說來，算是隨機行動的殭屍。

梅姬那時對我說，做人啊賴活不如好死。我不疑有他。至今我仍摸不透，當初怎會去看驚悚片而非喜劇片。她說她膽大，我們就衝了。她的膽大讓她義無反顧說出某些哲學式的話語，促使我下意識躲開。劍及履及。不知偶然或刻意，梅姬不久後搬離盆地，返回故鄉代課。我們的防線只剩臉書上頭亦莊亦諧的虛晃。誰都沒有再提問。再後來，她交了男友。自她遷離，整座盆地我便親友曠絕了。而我始終戍守著胸坎這顆中子星，懦弱，苟活。

梅姬後來發生許多事我無從聞問。她身旁已有了人，不再適合曖昧的關係。最後一次通話，在二〇一〇年底。她回盆地和指導教授商討論文，我返鄉度假，恰恰錯身。她在話筒彼端啜泣：「我沒有救了，連老師都不理我了……」教甄失利、論文瓶頸、經濟壓力，她百般想奔逃，奈何卻又癡迷繞回這座魔山來。我語拙安慰，承諾幫忙看論文，提供修改意見。掛線前她說：「誰都救不了我。我再也考不上正式老師，論文也寫不出來了。」我把心一橫說：「寫不出來就不要寫了，把論文丟掉吧，既然這麼痛苦，這學位不要也罷。不用怕我幫你去向老師說。」她說，「不管怎樣我都想試著把球接住，我不想當膽小鬼。」我聽者有心，中了一箭。是啊原來我才是懦夫。

隔天我收到她寄來的伊媚兒，信中寂寥，僅僅一夾帶檔。印出來幾萬字好肥厚。當時我深陷感情泥淖外加期末論文地獄，整疊擱在手邊，一時忘了。

秋去冬來。年初二，消息一來即是報喪。套句她生前最愛開的玩笑，整個砍掉重練去了。她留下幾封遺書在桌上。沒有半封給我。

如果，她撥電話的那天我在魔山入口，結局會否轉圜？

在她最慘的時節，我正面臨被一個人惡意離棄、最苦澀的時候，我不是不曾想過自戕。那段時日我被玩弄到天翻地覆的窘境，退無可退，一級一級墜敗到沒有光的所在，從塵埃裡也無能像張愛玲開出半朵像樣的花朵來。白日裡我維持著快要精神萎謝的邊緣，不苟言笑。無人察覺。肉體或精神的崩潰，自古以來永遠是獨自擔綱的戲。一次否定，兩次否定，我不信邪，選擇原諒，一次爭執，兩次欺騙，並沒有負負得正的圓滿。我不是沒有抗壓力的爛草莓，也不是癡情良深的賈寶玉，真的不是。我只是胸有不甘，何以一個人可以玩弄另一個人至如斯惡劣的地步，憑什麼！那像韓劇一樣匪夷所思的劇情居然上演了！

我可以不崩潰嗎？沒骨氣又不中用的我可以嗎？被挑斷筋脈，武功全失的人，可以繼續在這個世界坦然活下去嗎？我荒廢了博士班前兩年的學業，蕩日廢時耗盡力氣在一個人身上，一無作為，到最後對方迂迴輾轉宛如魔術師，翻江倒海顛倒眾生，春水波瀾之後，便杳如黃鶴溜煙，去過那所謂更好的人生。

與其說我痛，不如說覺得糗。糗斃了。

以致於我常跟梅姬說，哪天想不開我便去燒炭了。她總是露出納悶的表情笑我，以為我耍白爛。炭呢，確實囤了好幾包，始終僥倖沒燒。梅姬反而捷足先登走了，她一個人進魔山去幹嘛呢，明明是一起去看的電影，哎，怎不順便揪個去死去死團咧。真他媽的不講義氣。

告別式後，輾轉從她親友口中得知，臨死前，她罹患重度憂鬱不可自拔（恐怕我也難分軒輊了吧）。她的病況我略知一二，殊不知已入膏肓。其實，早在入魔山的那刻，我們就宣告了分道揚鑣各走各路。性格決定命運，誰能在殺鬼打怪的過程中殘存下來呢（哪怕愛情也不例外啊）。我心知肚明，她壓根是神風特攻隊轉世。

梅姬這回不僅僅是搬離盆地而已。

●深夜警衛室遇見過氣老殭屍

賴香吟曾在散文裡寫道（大意約莫是），一個人在歷經感情挫敗、行到中年之後，究竟該去哪裡找一個清清白白的人，談一場乾乾淨淨的戀愛？我仍記得當時讀到這段話的震撼和痛楚。從魔山歷劫歸來後，我沒有變勇敢，反而心折骨驚。博士班生涯一如預期後繼無力，在洪仲丘案爆發、群情激憤的那個月，我休了學，入伍服役。

成功嶺新訓就像魔山歷險，所有豺狼虎豹都在僵固的體制牢籠守候。下單位分發到故鄉山區的小學。家人獲悉我夜夜獨守空校，緊張兮兮。你不怕鬧鬼嗎。我不怕鬼我不怕。我比較怕那些會傷害人的人。我害怕整座小鎮的人都死去變殭屍流竄，倖存者自相殘殺，搬演魔山的戲碼——倘若，是我自己死去變成殭屍出來害人？

分發到小學，人皆曰爽兵。相較國軍輕鬆，然則按表操課，禁錮不改其實。你讀過傅柯關於規訓與懲戒的論點嗎。體制和權力系出同源，歧視，壓抑和變異無所不在……梅姬早已人亡屍毀，心頭魔山猶在，離離原上草，我困守在小小校園，一夕一枯榮。好極了，我很開心我有被虐的潛力。在這裡完全無須運轉腦袋。狼狽是一種活，無動於衷也是。

偏鄉孩童純樸，一開始喚我教官，累月後改叫大葛格。有的叫薯叔（一把年紀才來當兵，我不以為忤）。體育課，一夥小鬼頭打躲避球，在四方格裡亂亂竄，罕有人撲面迎球。面臨傷害或危機，逃避不是本能？梅姬不然，她直面創傷。人類是否真可以坦然面對被愛而後遭棄的現實？

儼然，我是過氣的鬼片武星錢小豪。服役宛如墜落陰曹，無論於陽世承受多少癡情苦楚，都得在凝固的時間黑洞再修煉一回。愛過的人說走就走，在其公領域飛黃騰達。眼看博士班同儕相繼突飛猛進，唯獨自己在原地踏步。深夜的警衛室啊度日如年。我始終沒有遇見鬼。梅姬從不曾託夢。

某天，飲水機的管線不知不覺爆裂，腳下水流漫漫，覺得冷，想抽回，眼見門縫洩出大水。警衛室瞬間被淹沒，嘩嘩水患不絕，我怔愣，如夢魘如蜃影侵身。在這樣的瞬刻，我魔幻寫實地惦記起梅姬的嗓音，那多首飄搖欲墜的情歌旋律。以及告別式上，她平躺在棺槨視死如歸的倔強神情，「如果是我，我會去接球，不接到死也不甘心。」

我是否也能學你，接住世間變幻無常的躲避球？所謂的魔山，會不會根本就是一齣試膽的空城計？

警衛室迷茫似汪洋。夜深無援，一個伴也沒。浦島太郎要下海了嗎。朦朧恍惚間，我致電老爸，央他開車載來拖把掃具。梅姬肯定會笑說，都一把年紀了還向爸媽討拖把窘翻了。她死後，願意真心對我的人絕跡了。魔山蟄居十年，生命整整三分之一，我接二連三被否定。我太醜嗎？我太軟弱？我沒有愛人與被愛的資格？我沒有權利享受幸福？被劈腿可以是一種否定嗎？否定如果成立一種美學，我鐵定鶴立雞群。

兩老步入寒傖的警衛室，頻皺眉，那皺意不光因為水深及踝，恐怕感慨老大不小的兒子一事無成前途堪慮吧。我的軟弱畢露無疑。母親鎮靜追索，有對象了嗎，退伍後考慮成家嗎。我說，誰會想嫁給我這種人呢。你們又沒留給我股票土地房產車子。兩老木然。荊棘話語刺己傷人。你們走吧別再降臨中子星了。為了貪圖耳根清靜，兩敗俱傷。

那場突如其來的水患，是徵兆。《素問》有陰陽五行相生相剋之說，「更貴更賤，以知生死，以決成敗。」魔山從沒乾過。照理土該剋水，我居山高卻命帶低水。眼淚一干傷心事從未斷絕。回到素以九降風聞名的故鄉，照理說不該那麼溼。我卻把經年月久的魔山沼氣搬移歸來。注定要和這個家族格格不入。

「運氣好，才能好死」。我恆常在深夜警衛室，思忖梅姬是否已投胎轉世、重新做人。活過半百，再回首，我遲早也會詠懷魔山凋零的老搭檔嗎？

淪成癱立棺槨的老殭屍，在原地咚咚跳啊跳，暫時停止呼吸的同時，光陰戛然喊停。其實我也一直在枯等著誰，來幫我撕去額前自暴自棄的黃紙符。人何寥落。腳下水患成河。爸媽拎著拖把蹣跚離去。再也遇不見像梅姬那樣的人了。我好想你。

● 作者簡介

黃文鉅

一九八二年生，新竹人。政治大學文學碩士、博士候選人。曾任教於東吳大學中文系，現任職於媒體。

我們九〇年代初萌芽的性

◎陳栢青

我們九〇年代初萌芽的性，很髒，髒得很乾淨。健康教育十三章，停車做愛楓林晚，什麼都能讓我們笑，桌子下推推擠擠，心照不宣的對望，菸一樣點起的眼神，星星火火，但也就是如此而已。最堅硬不過手指，再潮溼只是掌心，一個人的時候，怎樣都可以，九〇年代的午後長長未完，才睡醒唇邊殘留的口水未乾，也不色情，只是好奇，一點念頭像是新長的鬍子一樣薄發，硬硬的，就想把它弄出來。從抽屜後面拿出小本的，有時錄影帶，最頂級不過是ＶＣＤ，那時哪有什麼大容量Ｄ槽或ＤＶＤ，存儲容量最多800MB，那裡頭來不及換片讓他們撐到高潮，你這邊就已經完事了。滾沸的海水，帶著浪花泡沫的鹹味，始終沒搞清楚唇邊嚷著誰的名字，心頭那張就要浮現的輪廓已經淡掉了，推開房門出來好清爽又是一個新的我，偶爾狐疑嗅嗅手指，只有自己覺得自己髒。

我們九〇年代初萌芽的性，與時俱進，八〇年代帶頭衝，政治解嚴了，社會更開放了，九〇年代的性，該有的知識都有了，該會的姿勢都會了。思想與物質條件皆備，且天助自助者，又多了新玩具，日本十八禁遊戲於此時登島。考其史前史，要到八〇年代，隨著電腦技術進步，位元存貯量越大，畫素越清晰，欲望始見圖像化數值化，色情終於成為一種遊戲。真奇怪，直接做，反而不好玩，還不如看片了事，所有的 H-game，迷宮裡大冒險還是學園裡青澀愛情追逐，以身體為終點，過程卻都是人際關係的模擬。遊戲裡女孩有她們各自的性情，雖然結局都是一樣的，嗯嗯啊啊，但中間過程一點不含糊，什麼場景，什麼情境，不同狀況，迴異的對話與行動選擇，有時要安撫，有時必須拒絕，佯退實進，越扶越醉，打蛇隨棍上，考驗的是手腕，是舞會裡用膝蓋強頂撐開對手大腿根部那樣表面優雅其實是肌力頂真格在相較的鋼鐵對決。那裡頭複雜的人際關係酬酢，微縮職場或校園群體裡權力關係在小女孩國度的扮家家酒裡，其實那個座位的分配，一個點頭，一個進退，都是整個文明的縮影。所以說，越色情，越文明，九〇年代萌芽的性，很老成，卻都在裝年輕，有多放，含苞緊緊。在九〇年代，男人還是男孩，談起性，每個人都還像勁搞搞的高中男生，畢竟還有一點顧忌，還知道些禮貌，明撥暗弄，內心裡有頭小獸正踢蹄嚼草，頭上就要掙出溼淋淋的小角。九〇年代的夢中情人，都是高中女生。

同級生、下級生、夜勤病棟淫獸學園鬼畜教師屬於無名指的教科書，九〇年代經典H-game故事經常發生在高中，學園祭，畢業旅行，溫泉密湯，夜裡偷偷約出來的游泳池畔，還是日照中有無數塵埃緩升陡落的體育館軟墊上，保健室阿姨的逆襲，校長總從後面來，發生關係都是學姊學妹，遠交近攻，不同於別代人，八〇年代出生的男孩，九〇年代開始長大，我們剛擁有人生第一台電腦，恐怕也是家裡第一台，人人桌上是只笨重的大盒子，連網路都沒有，多封閉，卻又知道那裡有個出口。別代人儘管跟著玩，也就只是在玩遊戲而已，我們卻是自己在玩自己，我們在遊戲外是學生，在遊戲裡也是學生，白天上學，夜裡學上，螢幕裡角色們互相交給彼此，螢幕外我們把自己交給自己，我們才是H-game真正的同級生。

該過去的，總會過去，該進去的，也有機會進去。有一天，同級生會畢業，你也會經驗的，像你在頂樓反覆追問那些終於達陣的學長學弟，看他們倚在欄杆上哈出一口菸，連半空停留的菸氣都比你有形狀，好半天才擠出一句：「有一天你會懂的。」

有一天。你不知道有一天就是那一天，太倉促的開始，太快的結束。湯湯水水，溼溼黏黏。長久以來的冷兵器講布陣計較糧草援輸的操演，卻錯愕終結在熱核武按個鈕三秒就結束的發射。那就是那一天。之後，是一天又一天，有了那一次，之後一次又一次。

「啊，原來是這樣的一個地方啊。」你真正進去了，遊戲中，還是身體裡，那時候，你是讚嘆，還是嘆息？

可也就是那樣。我們九〇年代初萌芽的性，和每個年代的性一樣，永不飽足。但也不是真飢渴，只是慣性想要，像吃三餐，畢竟不是真的餓，且要什麼來什麼，將就點，也就下肚了，只是誰都鎮日溜著晶晃晃的眼珠子，燙得發黑，不忍看，怕會燒穿，偏偏肚子這麼大一個，探頭望，望不到下面，那可不是地獄圖中的餓鬼變相？真可憐啊，汝愛我色，我憐汝射，乃至於有一天，性不再是遊戲，性只是性，當肉體的上下變成規律，進出成為頻率，初鹿鮮奶不如保久乳。那時候，你真心覺得自己老——畢竟，你連死都不怕了，年少時喊過多少次要死掉了要壞掉了，還不是好好的——現在卻遺憾，餘生的長，都不如二十歲某一晚噴發激射的短。高中夜裡第一次的快，也許比將來每一天都要痛快。

我們九〇年代萌芽了性，而這座島嶼的性，也在九〇年代萌芽，之後，性也跟著變得大人了。還是容易覺得髒，只是髒得很坦蕩。每個人都上網上線，什麼都可以攤開來看，腦公腦婆的叫，有地現約不囉嗦，性多容易，也就忽然不想要了。人就是這點賤，但在性裡，我們愛的偏偏都是賤人。想我們上一代多閉俗，把禮貌當衛生，心內談琵琶，未語先笑，未戰先溼。下一代把衛生當禮貌，不只帶套，無菌到像有病，且身體是身體，精神是精神，分得清楚，才脫得大方。還沒經歷，先有經驗。他們一個在身體上滄桑，一個在精神上世故，一比起來，H-game裡的幸福成了詛咒，開機一百次，我們這一代，還是遊戲裡頭的萬年高中生。

時代就像性。不，應該說，時代比性還要容易變，也更變態。性是巨大的哀愁，也是一個隱喻，九〇年代後，整個時代都在玩 on line game，網路讓時間加速，我們這一代卻還在 H-game 裡，只是，連遊戲都被顛倒過來，像是進入小叮噹（那之後他就改名叫作哆啦A夢了。剛好是你不再有A夢的年代）的時光隧道，只是以那個孔道為中介點，女體盛放，洶湧得那麼大這樣羞怯怯的穿進去，探出頭的，是一名老嬰兒，太小的頭，太老的臉。身體成熟了，心還在高中。總是太短的性，前啣後後接無止無盡的人際關係。過程越來越長。開心越來越難。好疲倦好疲倦啊，好想休息一下，那時，心頭想要遙遠的一個人，嘴邊浮現一個聽不真切的名字，有點感嘆，有點惆悵，兩個人是爽快，還不如一個人的舒服。

還想念一個人的，溼溼的遊戲。

那或許可以稱之為一種高中生式性慾，我到這麼大了，有時還覺得自己身體裡住著一個高中生。那是祝福，有時是恐怖。高中就是那樣，有人管，才有人反。反的是體制，是管理，是規矩，總之，還知道有什麼可以反，還沒到底，所以還有點希望，也正因為還能反，所以覺得自己畢竟是有些對的地方。不好的，推給要反的。都是他們造成的。後來我發現，這半生，依賴的，往往不是自己的對，而恰恰是因為，他們的錯。所以有得反的時候，興高采烈，等真的要自己出頭了，做什麼還有點畏，把退讓當禮貌，很遲疑。

我身體裡住著一個高中生。而高中生活是什麼？是什麼不重要，那只意味，後來日子還長的呢，所以晃悠一會兒也無妨。失敗了，明天又是星期一，學期還沒結束，還有機會重新再來。因此我始終抱著一點僥倖，做什麼都有點交作業的心態。時代的餘蔭，身家的積厚，還有那麼一點點小聰明，所以總能在最後一刻趕出來。成功了，被讚美了，甲上上，因為知道是趕的，再得意，也是有點虛。沙中堆塔，只有自己知道根腳是虛的。失敗了，也不真喪氣，畢竟只是趕的。誰知道認真會怎樣呢？雖然有點懊悔，也不是真的痛。沒到底，還對自己有點餘地。

以前讚美高中生年輕，但到大了還是高中生，再年輕也只是輕浮。以前說高中生還有很多可能，到此刻，還在選，還有很多可能，其實也就沒有任何可能了。

那就是我以為我這一代的憂傷。憂傷在，說到底，我已經不是高中生了。

那就是我以為我這一代的憤怒，憤怒是，我才剛剛知道這一件事情。

而這樣的憤怒，才更讓我憂傷。

「欸，你還記得同級生嗎？」

不，我不是真的想念他。我只是還記得那個在世紀末遙遙走來的還張著晶亮眼睛的自己。我不知道是自己太晚長大，還是這個時代太快老。我想念機會。想念各種可能。連小房間裡螢幕上髒髒的性都讓我想念，因為那時我全心全意的投入，還能擁有，向著螢幕交出的，也都盡我所有。

所以，已經沒有任何可能了嗎？我這一代，還沒真的變成大人，就成為老人了。且像高中生的性，來不及進去，便已經出來。

不，不是這樣喔。想想 H-game 遊戲吧。我倒想起有一款遊戲叫作《卒業旅行》，死黨男孩和一群女生搭上遊覽車來上學園生活最後一次共同回憶，但如果你什麼都不選，要幫忙路邊的女孩嗎？不要。要去探望學姊嗎？不想。當你拒絕所有人，把劇情超展開的枝狀圖全部砍斷，在結局尾聲，那一個下著雪的夜裡，記憶的螢幕裡還有九〇年代畫素斑駁的雪花，你會看見，那最後為你敞開身體的，竟是你的死黨好友男孩。「欸，某某」，他喊著你的名字。螢幕裡男孩望著男孩，他們對彼此伸出手來。孱弱的莖幹，孤獨的眼神。螢幕外，你褲子都脫好了，手懸半空，錯愕又有點了然，心底有些什麼在騷動。那就是我們九〇年代初萌芽的性。一切都有可能，什麼都不要了，還是有選擇。

我變成這樣的怪物喔。長不大。走不快。經常絆倒。老回頭望。我們的失敗。但一切就像九〇年代初萌芽的性，千差萬別，千插萬別，不會絕的。就算是在那樣的年代，一個男孩，也會碰到另一個男孩。

——本文選自陳栢青最新散文集《Mr. Adult 大人先生》，寶瓶出版

● 作者簡介

陳栢青

一九八三年台中生。台灣大學台灣文學研究所畢業。曾獲全球華人青年文學獎、中國時報文學獎、聯合報文學獎、林榮三文學獎、台灣文學獎、梁實秋文學獎等。作品曾入選《青年散文作家作品集：中英對照台灣文學選集》、《兩岸新銳作家精品集》，並多次入選《九歌年度散文選》。獲《聯合文學》雜誌譽為「台灣四十歲以下最值得期待的小說家」。出版有散文集《Mr. Adult 大人先生》。另曾以筆名葉覆鹿出版小說《小城市》，以此獲九歌兩百萬文學獎榮譽獎、第三屆全球華語科幻星雲獎銀獎。

三十一歲無業小姐

◎神小風

我辭職了。在送別餐宴上告訴所有人：「我想寫小說。」

大家很團結，發出了好長「喔——」的聲音，如水流急緩，如國樂起伏，然後，就沒有了。飯吃了，人散了，那聲「喔」卻一直跟著我，跟著我打包裝箱，走出公司。捷運上我反覆聆聽那聲「喔」，試圖分辨出不同的聲腔，誰的傲慢多一些，誰的憐憫又少一些，或者只是他們咀嚼食物的空檔，填補虛無的連接詞，「妳會拿來當題材嗎？」告別時，和我最好的同事偷偷問。我有點呆滯，一時沒接上話；待我想到時人已經在車上。兩方都是陌生人了，倒又沒什麼回答的必要。

我說我要回家寫小說，抱歉，就不跟你們繼續奮鬥了。同事一場，大家拍拍手，切最大塊的披薩給我吃，還合寫了一張好溫馨的卡片，祝福妳喔。儼然是畢業典禮的規格了。但我什麼也沒做，回到住處，躺在床上整整睡了一整天。無夢也無動靜。醒來，推開房門。昨日的報紙還放在餐桌上，時鐘滴答響。所有人都不在，我已經在所有人的時間外面了。我在客廳遊蕩，吃了一顆蘋果，又躲回棉被裡，卻怎麼樣也睡不著了，像剛洗完一場澡，總不會才剛擦乾身子又馬上踏進澡盆裡吧，那睡眠太紮實，狠狠將我從裡到外清洗一遍。

我坐在床上，聽見隔壁高中的下課鐘聲，噹噹噹、噹噹噹。

我是自由的了。

這個念頭才剛進到腦海裡的同時，忽然就，手足無措的哭了起來。

自由是什麼？還在那棟有著升降玻璃電梯的辦公大樓工作時，我每天想這事。交版想、開會想、Brainstorming 時更想，一想，肚子就痛了，扔下一幫還在奮戰的同事，躲進廁所裡。這是辦公大樓的好處：廁所有專人打掃，乾淨的水和捲筒衛生紙免費供應；家裡停水那幾天，我帶了兩公升的寶特瓶來公司裝水，一壓一按，穩定水流注入罐身。真好。這樣的想法不時出現：影印帳單時、收發信件包裹時；微波便當時，當然還有，夏天七八月來臨時，永遠24°C的辦公室恆溫。坐在裡頭，身體冰涼輕盈，感覺一切憂煩愁苦都不見了。

整潔、清爽、便利，我不貪圖高額薪水，卻向這些現代化的蠅頭小利靠攏。自由代表我即將失去這些，好難抵抗。這是我第一份正職工作，在報社上班的前輩介紹的。糊里糊塗，什麼也搞不清楚的就去上班了。他對我有恩，但踏進辦公室的第一天我就想回家了，開會時得在桌底下絞緊手指才不至於昏睡，上班第一個禮拜就和同事起了口角，面對一個長我十多歲的胖壯男子，臉都紅了也不知道怎麼反擊。大家都在看戲，主管急喚我去拿資料，才踏進電梯眼淚就掉下來了，主管站在一旁盯著樓層鈕，末了只說：「快擦一擦。」我轉進廁所。後來我一遇事就躲廁所，坐在馬桶蓋上猛搧風，讓紅潮褪去，順道發個呆。簡直像個適應不良的轉學生，只差沒在裡頭吃便當。

遲鈍、笨拙、手足無措——這麼廢的社會人，可以被原諒嗎？這棟大樓的上班時間特殊，直至午夜都還燈火通明。半夜一點，我打卡下班，走進黑暗的停車場，騎自行車回家。周圍店鋪鐵捲門早已拉下，沿著巷弄一路直行，穿越大型資源回收車、鐵工廠、汽機車棄置所，路燈照著樹木的影子，彷彿騎進洶湧海底。那是如睡眠一般的清洗時光，支撐我抵達住處。入睡前的最後一個項目，是躺在床上反省今日失誤事項，腦內浮現一條條 LIST，像小學生抄寫聯絡簿，給自己蓋章批改。打完所有的紅勾勾，明天才會到來。

我不知道我的其他同事，或這個世界上所有的男孩女孩，都是如何轉變成社會人的？會痛苦嗎，會疑惑嗎，每天早上醒來時，會懷疑自己身在何方嗎？懷疑自己是否能夠，如每日進入公司前對自己的叮囑：做一個「有貢獻」的人？幾次夜裡我回到房間，忍不住，撥電話給人在花蓮的研究所同學。那是一間可以把寫作時光拉得很長的系所，讓人生按下暫停鍵，寫或讀點東西、亂看電影，或者騎機車沿台十一線越跑越遠。在那裡，除了我以外的其他人都還沒畢業，都還在和自己的畢業論文或作品搏鬥。那些人，都是曾經跟我徹夜討論小說的同伴，我們能熱切的給彼此作品意見，卻無法對真實人生出主意。當然我們也聊過未來，討論過無數次想做什麼樣的工作，能拿多少薪水，空餘時間還能寫點什麼嗎？想像社會上是否會有一個容納自己的位置——這麼說來，現在就是未來嗎？此刻的我，不是正身處在那個想像中，耿耿於懷的未來裡？我聽著另一端傳來的喀喀打字聲。感到非常寂寞。

然而那樣的寂寞其實也非常輕易，一抹即掉。因為他們遲早是會像我一樣的，身為同樣世代，在同一間教室上課的「同學」，無論情不情願，在走廊上玩得如何痛快，噹噹噹一來，終究得起身，回到社會規範的位置上。Y回雲林找工作，K利用當兵的時間準備國考，W休學又復學，為了寫小說繼續留在花蓮，而L終究是沒畢業，休學工作後立刻娶了老婆，月薪上看六萬，除夕夜傳了新生兒的照片到LINE群組，簡直超英趕美上太空，一下子就做完我一輩子該做的事。眾人狂回貼圖恭賀。我卻忍不住想問：那你還有時間寫點什麼嗎？在一個熱烘烘的嬰兒面前，這樣的問句，真是比一個三十元的貼圖還要不切實際啊。我替L開心，但也無比明白，像過去那樣自由無束縛的寫作時光，再也不會有了。

再也不會有了。

寫作之神賜予的自由，僅僅一次。如果再要，小心被懲罰。

後來W終究熬不過父母和女友的雙重壓力，找了工作。他跑到台中去當網遊測試人員，住在便宜宿舍，每天翻譯國外的遊戲攻略，文章量夠了便下班，認真算來，一天工作不過六小時，完全就是我們心目中的夢幻職業，即使22K倒也划得來。W聽說我辭職，見面劈頭一句話就問：「妳是要專心寫小說了嗎？」

「不是的。」我老實回答：「我只是討厭工作而已。」

三十歲之前無業，似乎還在可容忍的範圍內；三十歲之後，大概就是沒救了，自此人生再無轉圜餘地。這點在女生身上，簡直跟結婚生小孩的意義差不多。雖然無業不代表失業，沒結婚也不一定沒伴，是我自己舉手說不要了行不行？但放棄社會上的位置，彷彿也失去了做人的資格。我媽一聽說我辭職，立刻騎小五十殺過來，兩個人坐在客廳裡不說一句話。我有些愧疚，知道我有工作後她比誰都開心；又有些不甘，畢竟那些薪水啊三節年終什麼的，全變成紅包轉手給了她，像是貢品，就別再管我了吧。她則說我有預謀，早知如此她就不收了，「不是錢的問題。」「就是。」「不是。」「那是什麼問題？」兩個人又不說話了。媽起身，很順手的替我掃地，進廚房洗起碗，問我不上班每天都在家裡幹嘛？我說什麼都沒幹。起床，上超市，做飯，看日劇，睡覺，偶爾去借個漫畫，這是實話。我可是把柯南看到第八十集了喔。我媽大概被我的廢震驚了，起身回家。離開前還是忍不住問：就不能好好再找份普通工作嗎？「小說什麼的……有空再寫嘛。」我沒回話。「那妳這樣誰要娶妳？」

是啊。文學、音樂、繪畫、舞蹈……好吧所有的，Anything，所有以「創作」這事為心內第一志願的人，大抵都作過這樣的幻夢：找一個普通的工作，薪水穩定、內容簡單，最好腦袋不需太過用力，省著點用。最重要的條件是，準時下班走人。打卡鐘將上下時段切割乾淨，上班八小時工作擁有你，下班八小時換你擁有自己。兩種人生，要像最棒的室友那樣，互不干涉，冷暖自知。這很難嗎？想想其實也還好，如果我是一個想結婚想認真養小孩的年輕媽媽，渴望的大概也不出這些。問題是，這真的很困難啊。

我當然也作過這種夢，然後也很快的發現這真的是在作夢。你怎麼能把生活如切草莓蛋糕般平均分配，而不哪邊多沾上一點奶油？但事實上，弄得滿手滿臉倒也算了，這樣切來分去，搞了半天，可能我根本就不喜歡草莓蛋糕啊。

於是，就算了。整個丟掉吧。這跟寫不寫小說無關，跟我自己有關。媽離開後，我獨自坐在客廳，讓電視開著，看見陳柏霖含一口給大女孩的糖果；看見桂綸鎂身穿俐落套裝，手握 City Café 眺望天空。好喜歡啊。從藍色大門裡走出來的他或她，是我們都夢想成為的大人。然而離開辦公室的此刻，我已經不需要下樓買一杯咖啡提神了，不用再讓抽屜堆滿無用零食。

我不是他們的目標族群了。我們互看，彷彿面對另一個世界。

彷彿另一種……自己從未想像過的人生。不趕著去哪裡，不急著符合誰的期待，毫無計畫或目標，整個人漂浮在某種果凍裡。這種完全的、短暫的，奢侈的空白。說句實話，真的很廢啊。然而三十一歲的我，鎮日惶惶不安，深怕哪裡沒做好的我，終於在鐘聲響起時翻過校門，看能衝多遠就衝多遠吧。噹噹噹。至少今天，我是自由的了。

● 作者簡介

神小風

本名許俐葳，一九八四年生，東華大學創作與英美文學研究所畢。寫小說、散文、漫畫評論，有時還有劇本，現為《聯合文學》雜誌編輯。著有《少女核》、《百分之九十八的平庸少女》等書，編有電影劇本《相愛的七種設計》。

造臉

◎許亞歷

「爸爸帶我去爬山，哥哥給我十塊錢，姊姊給我十塊錢，買了一顆大西瓜，三加三等於六，答對了！」

畫畫本是極其天然之事，但我初畫人臉時，拐瓜劣棗落花生般的塗鴉不得青睞，大人教會我這道口訣，之後好一段時間，我一邊熟背，一邊畫出鋸齒瀏海、銅板眼、瓜圓臉、波浪耳、置中溜溜鼻和勾勾嘴。

有口訣果然容易許多。喃喃的生產線上，臉孔不斷生成，眾生像般，彷彿全世界的人皆在此露臉。

小學社會課談到世界人口時，曾畫滿滿一張口訣臉送給老師，題字為「地球村」。「是嘛，就氣氛來看，眾生是長得很像的，大家的臉上都寫著一個苦字啊！」老師憤慨一嘆，要我瞧他的臉是否真如其所言苦形苦狀，但無論我怎麼體會，還是捉摸不出那樣共同的氛圍；不過我確實相信，有些人生來就長得和眾生極像。

從小生得一張大眾臉的我，人人都可以從我臉上認領一些情感、關係。

小學級任導師直到畢業前仍混淆兩個名字地喚我；國中常有不認識的人打招呼，後來才發現他們把我認作小一屆的學妹；高中和班上兩個同學相像，一個外借給隔壁班的課本，屢屢誤還至我的手中，另一個乾脆與我組成雙胞胎拍檔，傳著親密的紙條，彷彿出生前後都只隔著一張小紙條的距離。大學迎新的社團攤位上，也因「根本是某學姊的翻版」，而和一夥陌生人搭起話來。就連坐計程車、買菜掛號，都曾遇人問起：「有沒有人說妳長得像……？」

我於是習慣以「對啊，我是大眾臉」坦然回應。儘管如此，小時候媽媽捧著我的臉半開玩笑：「唉呀，怎麼生出一個大眾臉——」，還是對自己未能分到爸爸媽媽明確的特色，感到驚惶不已。

什麼是大眾臉呢？上網蒐羅一下，得出「最普通的面容」、「無法確切說明究竟是什麼模樣」等答案。真是殘忍啊。因為和多數人擁有共同特徵而變得平凡的長相，每當照鏡子，看到的究竟有幾分是眾生、幾分是自己呢？就算不滿意自己的容貌，一想到那是多少人口定義出來的五官呀，便產生一種巨大的遺憾。

也曾看過報導，國外心理學家實驗發現越大眾典型的長相，越易獲得信任，原因無他，平凡的臉使人熟悉、自在，符合人類害怕未知的本性。雖然不一定具備吸引力，但終歸一句：值得信賴。

對我來說，大眾臉是互相安慰卻安慰不到的寂寞。

奇怪的是我所貌似的人們彼此並不相像，無法將這些臉面串連一線，成為某款面相的準繩；而是以我作起點，向外輻射；或者以我為終點，亂箭掃射。以至於每當再有人說：「妳長得好像——」我莫不是又被發派遠方，感到與自己增了幾分疏離，便是加挨一記，千瘡百孔嵌著陌生的人際。

我以為來到臉書時代，這千瘡百孔將大有改善。

照片貼出後自動出現的小方框，將臉圍出一塊計算面積，跑著無形的小數據，辨認出面容的主人。最欣慰莫過於大量上傳照片時，一個個我隨之被標誌出來，如列眾生臉譜，而我即是自己的大眾臉。

但救贖消退得快，沒多久，我又還原為眾人之臉。朋友、朋友之友，似是而非的面容透過自動標籤功能，帶我出沒在不可企及的時空。一些沒去過的地方去了、一些沒經歷的事情經歷了，我的生活變得膨脹而失憶。

究竟是如何判別的呢？它如何定義、如何詮釋，在下一張照片中尋出同理、得證？而當容貌漸漸衰老，辨識的機制能理解時間嗎？能否分析一道皺紋，感應悲歡鑿切的脈絡，從茫茫臉海中校對出符合者？

一次，機制建議將我標籤為從不覺得相像的朋友，我才發現自己壓著下巴笑時的確和朋友有些神似。人臉辨識系統是無法解讀表情的，對它來說，表情是臉的全面，而臉只是某一種表情的切片。我們習慣掛著某款表情現身，當我們用不同態度登場時，臉書翻臉不認人，讓他者僭位我們的存在。

好在此種僭位只是短暫、可以移除，移除不了的是臉書的交際性。動態時報隱隱將個人帶入人際。我們的臉成為無盡的卷軸，似《清明上河圖》，落實散點透視法，不因單一注目為足，要人跟著我們邊走邊看，隨停頓鋪陳置放焦點：沿河兩岸一個個側正俯仰的小人都是庶常的自己，與時俱進，攤展出一幅寫實風俗畫。

以此隱性之臉面生活，給了我安全感。螢幕裡的腹底暗事，如畫軸擺於玻璃展示箱，隔著安全距離昭然若揭。瀏覽人口的定奪權在握，玻璃箱外，臧否無傷。

反倒是顯性的大頭貼引我發炎。好友數還不多的初期，大頭貼羅列成陣，像築蜂窩，每一格都在傾力釀蜜。隨著好友量增，一些人的動態越來越易略過，再次看見他已是新的大頭貼，有時光憑照片甚至不識其人，那疏離的窗格化作傷口，起初的蜂窩突變成蜂窩性組織炎，人際是一陣紅腫、熱痛。

而所謂上傳大頭貼照，更近似於為一段時長的自己擇一副面具——不知道它將在臉上置放多久，但總沒有人戴上面具是為了即刻的拆卸。面具下的人，正過著什麼細節、激起他何種瑣碎表情，光靠一張背負著代表性的照片是無從得知的。

是的，面具成為象徵。象徵是簡化的符號，是企圖。企圖將自我全貌約略成一枚圖像，以它代臉。人們以自己最滿意的照片為面具，達提醒、鼓舞之效；以明星、寵物抒發渴慕與親暱；又有黑面具、傘面具、黃底黑字面具等闡述立場。似乎面具比臉蛋更能展示、說服別人我們是誰。

我熱愛收藏面具。我喜歡那種日常懦弱、扁平或凹陷，但是卻將內在的脆弱轉化成變身契機的英雄。蜘蛛人行動時總是戴上面罩，壓抑本初優柔寡斷的書生身分；布魯斯．韋恩以最恐懼的記憶為面具，成為蝙蝠俠。後來我漸漸知道，英雄的形象一造，英雄就必須開始回溯最原始的認同了。

面具情結深深吸引我。面具原先作為勢不可擋的推力，賦予主角新生，但最後主角總能往內在找尋更強大、凌駕於面具之上的力量，整合出最好的自我。近期購入美國隊長的面具，掛著會發亮的Ａ字，不往電影作聯想，還可能被誤認作摔角選手。不過有什麼關係呢，我的超能力終究可以在面具後方被召喚出來。

至於宮崎駿《神隱少女》中的「無臉男」，在面具背後說著：「寂寞、我好寂寞。」可不是什麼超能力了。被邊緣化的存在，正如他空無的面孔——沒人在意時，你的臉便不存在。寂寞生出空洞，空洞需要欲望，欲望在湯屋引發騷亂。現實裡一則則寂寞而肅殺的新聞或許也是其他無臉男的故事吧，而千尋若將無臉男的面具拆下，好好正視那張無臉之臉，會不會就能幫他找回五官？

聽說最近有新的大眾臉。韓國選美佳麗如出自同一模刻，手機遊戲業者開發出「韓國小姐連連看」的闖關挑戰；明星紛紛撞臉，美麗的人變多了，但美麗更加難以區別。是因為「渴望被大家看見」、「想變得更好」的心情使然啊！不論整形或妝法，依照範本校調習擬，慢慢遠離寂寞，朝往一張新的大眾臉。

想起第一次化妝，發現可以成為更好的人。

中庸的眼睛生出新輪廓，過去不大溜轉的眼神，一被黑線所牽，頓時流光熠熠。雖然初次提氣而畫的成果尚顯笨拙，但技巧會純熟，一日一日，人們記得我總是這麼畫眼睛，我終於有了一個供人指認的記憶點。

更好的人啊。所謂更加的好，是怎麼回事呢？

小時候操練著口訣臉，千篇一律，在畫紙上複製增生。大人說畫得很好噢，我以為往後就能繼續在這樣的讚許下，畫出更多一致的五官，但漸漸的，還是心生虛無。那麼多殊體共相並未蓬勃共榮，卻紛紛笑得淒冷、望得一無所望。這些臉是誰呢？它們彼此相像、重疊，變得模糊籠統，就算少卻一個也喊不出失落的是誰。

不會使人可惜的存在，實在太荒涼了。但退回最初歪斜扭曲、讓臉孔各持命運的畫法已無可能，唯一能做的就是完全拋棄要訣，瓦解那樣的形象，重新造相。

●作者簡介

許亞歷

一九八四年生，台大哲學系畢。從小致力於三事：感受、想像、打破限制。相信文字最佳的探測方法只有不停實驗和擦撞，能走到越陌生的地步，越好。占卜復合機率，被岔題斷言創作勢將圖文不離，儘管當時嗤之以鼻，日後卻因收下舊情人轉贈的手繪板，摸索發展出圖文系列。曾獲台北詩歌節影像詩優選，著有《這個．世界．怪怪的》。

世界妙妙妙搜奇博覽會

◎顏訥

準備好了嗎？現在，請用三千字描述你們這一代人。

我們這一代人嘛，用民國紀年，是七年級生，用西元紀年，那就是八〇後。長一輩的人曾用「草莓族」把我們這一整個世代兜攏起來。如果要放眼國際，在美國文化裡，能找到的相應座標是Y世代，或者千禧世代，millennials。自戀。重度網路使用者。自我價值永遠比外邊世界來得重要。什麼政治經濟的硬道理關我屁事。太容易挫折，又太需要討拍。總之，橫過海洋越過經緯，以十年為刻度，時間的容器仍舊將不同膚色文化歷史之人一整勺豪邁舀起，以世代名之，不由分說，形容輕省，方便度量。

說到底，我們這個世代，是所有負面詞彙的集合體。一言以蔽之：傲嬌公主病。

好啦，關於七年級的世代論，其實已經是論了又論的題目，我也無意自我辯護。

我想先說些比較有趣的事情，例如，九〇年代的看展記憶。

曾經在一次氣氛極度乾燥的派對中，我與一年紀相仿的陌生女孩，本來有一搭沒一搭的話頭，意外因為一場小時候共同逛過的珍奇異獸展而摩擦，溼潤了起來。

展覽確切的名稱叫什麼？辦在哪裡？年代久遠難考，可展品卻教人忘不了，且在當時辦得風風火火，幾乎全台北市的小學生都趕著去朝聖。

怎麼可能忘記呢！我們興奮地掰著指頭算：我還記得，一尾風乾腥鹹的美人魚掛在空曠的扇形廳中央。密室棺木裡窩著一具油布木乃伊。鐵籠中的雙頭豬標本鼻頭昂揚。靜態館內還藏著色澤古舊卻威力不減的貞操帶。

認真回想，那次看展經驗確實是登大人的轉捩點。原來童年時光從繪本裡識得的美人魚，修長尾鰭，芭比娃娃妝容，全都經過美圖秀秀打點，詐騙集團一般的存在。王子移情別戀的殘酷真相，其實是因為美人魚癟得如一條達悟族風烤的飛魚乾。然而，必須是純淨如海洋之心的美麗生物，被心愛之人遺棄，幻化為泡沫的時刻才顯得淒美啊，那是人魚公主童話動人之所在。

可眼前那麼醜的人魚，像從地心竄出的怪物，我突然有些同情王子了。

真相來得太突然，國小女童如我簡直驚呆。於是，在尚未習得「個性決定命運」的道理之前，我就模模糊糊懂得，美好外表才是人生幸福的基石。

那時，我的想像力太小，科技又太過偉大，不可能預知十幾年後，醫學美容才是決定命運的關鍵字。形狀不夠正確的皮囊，統統能用鐳射光束修整乾淨，摩登版聊齋畫皮記，不成妖，便成人。海底妖獸終於能與王子多元成家，過著幸福快樂的日子。有一張好臉，等於有一張通往仕途順利家庭幸福的VIP包廂票券。於是，修修臉，是我們這一代人的轉型正義，麻藥退了，看照鏡子裡不斷升級的自己，等待階級翻轉，遠處彷若有光。

大抵是因為如此，十幾年後，走在鬧區街頭，划過Facebook海域，我總覺得迎面擦過的那些，複製貼上，列印成無數張的姣好臉孔，必定都曾與我分享過同一場展覽。這些女孩們，在美感初次被定義的時刻，可能也佇立在美人魚標本前，仰起脖子，張大了嘴巴。

派對上遇到的女孩點點頭，捏捏自己異常尖挺的山根與下巴，笑著對我送出了暗號：嗨，我也是同路人喔。原來所有記憶都還算數，我記得，妳也沒忘記。指認同一場兒時逛展的迷幻時刻，就等於指認出彼此在時間刻度上的座標位置，以至於眼前這位初次見面的女孩，竟那麼無私地把祕密交託於我。

女孩說她叫毛毛。九〇年代的毛毛，和我一樣，沒有出過國。事實上，旅遊在當時是非常慎重的事，帶小孩出國還未成為風尚，貧窮旅遊也並不流行。如果班上同學過完暑假以後，口袋裡揣滿稀奇古怪的巧克力，那麼他一定是家裡特別富裕，或者有親戚移民在外，二者都能輕易換來全班欽慕的眼光。用哥德的標準來解釋的話："He who knows no foreign languages knows nothing of his own." 向外索求，向內才能看得清楚。那麼對於九〇年代兒童版的我與毛毛，「我是誰」這個問題尚未形成，島嶼以外的世界地圖也僅是八千里路雲和月，水墨畫的留白而已。

「所以說，那場搜奇展算是我開出國際觀的起點喔。」毛毛深思熟慮以後宣示。

循著甬道進入，來自德國，一九三二年出生的史密斯先生，伸出巨手模型在入口招呼著入場者的眼界。看完展示牌才知道，隻手能遮天的史密斯原來是forever 43，生命永遠停在四十三歲。再往前逛一些，非洲SARA族女子雕像挺出巨型嘴唇。

告示牌解釋，部落少女到了十五歲時，嘴唇會被劃開，塞入圓盤，盤大便是美，宣告少女含苞綻放，準備出嫁了。然而，醜往往長在美的背面，另一種說法，則衝著法國殖民主而來。原來圓盤是部落女子毀滅相貌的武器，唯有如此，她們才不至於和那些用血汗種成的殖民地棉花一樣，被一船又一船運往遙遠的歐洲大陸，成為拍賣場上競價的財產。

當時，關於早衰，關於女權，關於殖民，關於權力遊戲中殘酷的價值交換，小女孩毛毛並不懂得。她只震驚於世界之大，竟還有在小島上未能想像得到的各種妖異幻象。那種被古怪事物啟蒙的新奇體驗，沒有任何一點世態涼薄的觸發在裡頭，倒是自卑於己身渺小的痛苦從腳底漫上來。由外向內探，竟是青春苦澀的滋味：要是能像班上那個誰誰誰一樣，早點出國走走看看，就會知道外面的世界原來這麼ㄅㄧㄤˋ，不至於在這裡瞪大了眼睛，簡直SPP。（按：ㄅㄧㄤˋ與SPP，流行於九〇年代小學生之間，互為反義詞。前者是酷炫透頂了，後者則是俗到開花。）

於是，剛剛開始「見外」的毛毛，腦中立刻構想出一幅世界地圖，採取「葛列佛遊記」，或者「山海經式」的搜奇技法。所謂國外，是無限大的天地，也囊括排列在展廳最末的外星隕石。她哪知道國家之外，還有一個更海派的宇宙，能吞下所有星球呢。

長大後的毛毛瞳孔發光：「那時候我就下定決心，無論如何，將來都要靠自己的力量出國。」

不過，關於殖民，關於展覽，關於內／外，沒有出國，長大以後一頭撞進台灣文學的我，反而在大學「現代文學」的課堂上，真正覺得自己被啟蒙了。

遠在毛毛第一次認識世界的九〇年代之前，一九三五年，也有一場盛況非常，展覽台灣的大會。秀場策展人是日本帝國，新興的東亞強棒，四界打出殖民全壘打，終於被國際聯盟制裁。於是，把殖民地台灣剛擠進高跟鞋而傷痕累累的腳跟，快步推向世界伸展台，在當時成為一種自我行銷與東西對壘的政治大戲。宣示日本帝國高超的設計功力，如何將「鳥不語，花不香，男無情，女無義」的「瘴癘之地」，剪裁成文明飛躍的清潔之島。

身體、心智與名聲皆洗刷乾淨的台灣人民，在清潔之島東西南北動員起來，「始政四十週年紀念台灣博覽會」終於盛大開幕，殖民地台灣塑身有成的輪廓逐漸清晰。全島四個秀場，鋪開綺麗風土，蓋出現代化工業與建築，規格戶口、貨幣與度量衡，展示帝國鋼鐵的手段與決心。排列在台灣旁邊的收藏品，還有朝鮮、滿州與南洋，孤懸海外的蕞爾小島頓時也有了參照系。殖民地們一同在玻璃櫃中展示自己，嘯起肥大的少女嘴唇，那是待價而沽？亦或為貞節自毀？場地移往東亞，醜陋依舊長在華美背面，同體共生，讓評價變得太困難。

不能輸！聽說遠方的巴黎世博會有馬來西亞原住民大秀戰舞，近處則有台灣原住民在芭比娃娃屋般的「番屋」裡，扮演他們自己。（二十一世紀的九族文化村，雲南洱海的渡船上，種族依舊是熱門商品，販賣給充滿偏見的眼睛。）

二〇〇五年，二十歲的我，見過早衰，讀過女性主義，聽過後殖民理論，慢慢懂得權力遊戲中殘酷的價值交換，也想像得出地球之外無窮無盡的宇宙星圖。至今，對於三〇年代那場時序遙遠的殖民地成果展，卻仍舊無法精確敘說自己真實的感受。是的，我還記得，一整個班級的青春臉龐，都在「台灣博覽會」的海報前曚萌昧寐，仰起脖子，張大嘴巴，像看一尊醜陋的美人魚那般癡傻。

離開派對以後，毛毛與我未來在任何聚會上認識的女孩一樣，未再聯絡，僅於臉書上追蹤彼此的臉，偶爾按讚，對外宣稱還是朋友。

不過，即使是這樣的資訊量，經過大數據精密計算，也足夠我不多不少獲知有關毛毛的人生大事。所以我知道，毛毛果真出了國，在歐洲四處遊蕩，挽著精品包包在咖啡屋打卡，就像兒時的她所夢想的一樣，只是也許並不全靠自己的力量。事實上，誰能全憑一己之力呢？我們求爺告奶靠北靠母，卻還感覺數碼世界的審查機制，總是不輕易留給我們註冊帳號的權利。七年級，草莓族，Y世代，因為沒經歷過戰爭而被認為活得太輕省的一代，打得是虛擬貨幣大戰，玩少數人才買得起點數的線上遊戲，活得越來越靠夭，搞不清楚該革誰的命。

所以，還是來論世代吧，論世代本身就是一場戰爭，一次革命。我們還願意相信六〇年代的法國社會學家侯伯．埃斯卡皮，即使他不認為成簇的世代應該由降生十二星座來分；但是，他的量化研究給出了一些科學的鼓勵：老作家班底年過四十後，新秀才有辦法破土而出，板塊推擠，勢均力敵，新的文學版圖於焉而生。於是，我們努力指認彼此，共體時艱，尋找七年級快樂的小夥伴。就算有時覺得，年過三十仍列隊而行實在羞愧，可每每現實人生靠北無望的時候，我們還是自動歸隊，手搭著手，摸黑前進，就像七月半去闖一幢特別嚇人的鬼屋。

幾年後，變得太摩登的毛毛回國了，約我在一家時髦餐廳吃飯。紅酒下肚，我才知道，毛毛念了兩個學位，在歐洲花了好長時間獵工作，卻總覺得沒一個幹得上手。「所以啊，還是回來找個人嫁了比較實在吧。」繞著地球跑，摩登女郎毛毛，卻終究在此刻替自己後半段人生下了這麼古典的結論，我不免替當年那個夢想著擁有全宇宙的九歲女孩感到可惜。

不過，又有什麼好可惜的呢？這難道仍會是我們這一代女性的宿命嗎？我與毛毛回憶完讓一整個世界撞進彼此內心的展覽後，話題漸漸乾了，最後摸摸鼻子就地解散。走出餐廳，我還是有些傷感，九〇年代，與我肩並肩，親密站在美人魚前而同樣感到驚異的女孩們，會不會說到底，我們共享的，就僅僅是那樣一場展覽而已呢？

● 作者簡介

顏訥

一九八五年來到世界上，住在台北的花蓮人。國立清華大學中文研究所博士生，研究香港、台灣文學傳播與古典詩詞，碩士論文曾獲台灣文學館學位論文獎助，創作計畫獲國藝會補助。替副刊、雜誌、UDN與BIOS Monthly專欄寫東西，得過全國學生文學獎、林榮三文學獎，創作以散文與評論為主，散文集預計明年出版。

熱日熱夜

◎周紘立

兩年後，蚯蚓問我：「你復原了嗎？」

Ｌ應：「我好了，並且走得比你更遠。」

暫時離開動輒八九度低溫的盆地，日照數少得可憐的城市，按照Ｌ預期的計畫，如約進行。靠近赤道的熱帶國家，陽光充沛，坐在機艙望向綿密雲層和鹹蛋黃的太陽，我已經褪換冬天的衣物，準備三個半小時之後的夏季。穿越看不見的經緯線之後，曼谷的時間將遲緩台灣一小時。這時差，讓我覺得安心，好像，就好像我擁有調整時間的權利，有些事允許倒退些，包含離別的速度。

這裡的溫度高，事先預備的太陽眼鏡抗ＵＶ，金光鑠鑠的天使之城，目光所及鍍暖金屬。紅色的花的花瓣垂在圍牆，巴掌大的葉綠得油膩膩，計程車不再只有黃色，鮮粉紅、湖水綠、天空藍……各類顏色備齊，車頂缺頂「TAXI帽」，誰會知道那些色彩繽紛的四人座轎車是計程車。我們挑了輛 Hello Kitty 鍾愛的粉紅款，卡在下班回堵的車道，天黑得晚，依舊亮恍恍，沒戴安全帽的摩托車飆仔左彎右拐穿梭車縫，引擎排遣蓬鬆的廢氣，繞啊繞，從我視線隱沒。

夢，瞬間置換的季節，計程車尚未統一鵝黃，無須戴安全帽的年代依序回來。

或者，它們帶我回去從前的年代。

類似小學悠長窒悶的暑假。開發中的台北。尚未抽長的我。

一切都很好，跳表由三十五泰銖啟程，前進四百公尺增加兩塊錢，這裡的幣值讓我感覺身攬萬貫家財，成為暴發戶。我莫名地想起自己慎重地於雜貨鋪子點數百來張刮刮卡，撿出最幸運的一張，耗費五元，獲獎一枚鵪鶉蛋。我像隻盡忠孵蛋的成熟禽鳥，握在沁汗的手心，睡前覆蓋對摺的抹布於斑點縱橫的蛋殼，熱，使我浮想聯翩：裡頭發育的生命因為受不了高溫，逐漸衍生出喙嘴，啄碎殼面，降生為獅子座的鵪鶉。但沒有。天雨路滑，拇指大的蛋滾出我的保護範圍，破了，一灘黏稠的黑水。我在曼谷的計程車上拾獲可笑的童年記趣，童年是乾淨的。

窗外的柏油路隨時會融化，駕駛座車窗前的天空氤氳著熱氣，高聳的水泥塔、電視牆、T霸巨幅招商廣告，以及荒蕪的黃土地，疑似敷著一層淺淺的水，模糊了直挺的天際線與海報字體。混沌，不明，海市，蜃樓。如在夢中，夢是熱的，熱的夢是激情的，最終用百來餘泰銖告別跋涉萬里的粉紅色計程車，跟純真的時光機器說再見，不，是永別。

如果童年的記憶能夠具體化，這便是了。

夜深人不寐，這是座重口味的城市。

不辣不行。

不嗜甜不行。

不春光旖旎不行，你無法抗拒公然違法，這裡，北緯十三點七度沒有禁忌。

水門市場自由行，自由到腳已毫無知覺，只曉得走，走，走，繼續走。暗夜的街道人潮擁擠依舊，高級地段總在十字路口，隨機挑選有路就走，越往前，路燈間距更遠，光線渺渺行人徒剩陰影，荒敗的樓房，不透明玻璃門，招牌點綴閃閃爍的ＬＥＤ燈，看門的男女逕自彎過你的手，不怎麼道地的泰式國語單字：來，舒服，便宜，美女，帥哥。人生走到盡頭，景象是否必然如此，難堪？

我們徘徊復徘徊，剛拉過客的男女好眼力，不特別起身狎暱招呼，抽自己的菸，看著你，看你願意打開哪扇門。最後我們挑間透明落地窗的，裡頭躺著個金髮藍眼睛洋妞正由阿桑揄腳底穴道，門前立張泰英文價目表，服務招牌第一條：Oil Massage 399。Ｌ知道我出過車禍，蹠骨沒接好，異鄉客有個意外上哪求救。油壓就油壓吧！出發前討論「玩」就是「玩」，注射心理免疫針，目標鎖定ＮＡＮＡ區幾間專門經營同志客層的按摩店，日子不在今天不在這一店。我們毫無防備推門入，門鈴叮啷啷，指點 Oil Massage 沒廢話，布幕深處馬上閃現兩個身材薄瘦年輕人，短髮、大眼、臉型深邃，迎著我們拾階登高上二樓，壁燈燭光黯淡，冷氣轟隆隆盡力經營春天的溫度。整層樓有床五或六張，空的，類似生意冷淡的西醫病房。

其中一個領我到這床，拉攏布簾時他比手畫腳，意思是脫光，他說 all，所有，一絲不掛的赤裸，衣物擱在床底的籐籃，然後他說 wait。Ｌ應當也被下達同樣指示吧。

他和我中間空了張床，兩個男人低呢交談什麼，細瑣瑣的，在商量誰負責誰吧。

屬於我的師傅掀起布簾扣合的一小角，俐落扭身進，他的手掌翻又覆暗示我臥躺。床頭鑿了能埋人臉大的洞，我看見床底下那些原本依附身體的我的衣服，它們凌亂交纏於籃裡，衣非衣，褲非褲，狀似手藝欠佳的麻花捲。溫熱的手掌溼滑的液體降落我的頸骨，劃開，順著肩骨敷勻香精，再撥開緊繃的背脊肉，左右重壓，一次兩次三次，他問ＯＫ，我回ＯＫ，我猜他詢問的是力道可以嗎。他的手溫明顯升高，他拉扯我的上臂、關節、下臂，一隻隻手指溫柔扭轉，然後，順勢將我的手掌服貼他的慢跑褲，裡頭的陽具堅挺勃發，他領著我的食指畫出充血海綿體的輪廓，完整的性器摸索學。我抽回了手。他不以為忤進行下半身的動作，更多油膩的香精擠壓於人類由猿進化後消失的尾巴——尾骨——營造一窟性的池塘。掬一捧，撫摸我的臀部，畫同心圓；再掬一捧，大腿溼潤了，陌生的手挑起內側的神經，顫抖，他找到了準確的穴道，大拇指拈點敏感的筋絡，點點串成線後，來回刺激，停在鼠蹊處挖，挖掏我壓抑的呻吟。往下往下，他飽滿的陽具擦過每吋光滑的肌膚，小腿肚、腳掌、腳趾頭，讓我知道他的意圖，當我高舉傾斜的腳底板作溜滑梯，磨蹭著，意圖點燃情慾的火種，摩擦生熱，好熱。陌生的手流利地抬起我的腰，自動翻正面，伺機深呼吸換氣。我彷佛置身游泳池，戴著黑色蛙鏡，世界是無顏色的，掌控我身體的熱帶男子面目模糊，是由許多塊黑白灰陰影組合的拼圖；他站在我腦後伸出油亮亮的手掌，低落黑色的汁液，在我乳頭暈開，依照肌肉紋理瞬間沖刷一道直抵腰際的水路。我幻想我是一座游泳池。泳客悠哉經過我，自由式的推，蛙式的撥，撥弄我粉紅色的葡萄，葡萄快速成熟，轉紅。這具被烈日曬癟的身軀膨脹了起來，如乾貨浸水，回復原貌。我知道不能要，我不知道為什麼不能要，我們的年代沒有聖人。身體難得配合理智，縱使他竭盡所能誘惑，我沒有勃起，雖然我嘗試昂首，依舊，依舊如未發泡的海參。

單純的性，缺乏愛的前戲，漣漪難以製造高潮。

師傅該做的都做了，既不氣餒也無憤慨，平靜說了句 shower，沖洗。

我在浴室反覆按壓瓶蓋，滿滿的潔白的沐浴乳，洗去被他人碰觸過的身體以及他殘留下來的黏液。渾身開滿白色的花不算乾淨，水流攜走泡沫，捲進排水孔；再賦予身體一次花季。蓮蓬頭噴射最熱最強勁的水柱，如果可以，我願將皮膚底下的臟器同時清洗乾淨。

洗好澡，等。穿回衣物，等。坐在木椅子，等。看適才的按摩師傅抱著嬰兒輕聲哼唱輕輕的曲調，等。喝沒味道的茶等等，等。

L晚遲我半小時才下樓。

不知道為什麼，我突然覺得和他之間存在斷層，在我不在的隔間裡、在晚來的半小時裡，其實芮氏規模八的地震已然發生，我們通聯的路徑有了曲折。

如果記憶是病體，能否割除這顆意外的瘤？

半年內去兩次泰國，由台灣的夏季抵達泰國的夏季，同樣的路徑，同樣的目的地，感覺，似乎沒第一次探險般的喜悅。

水門市場，旅程最終日，L耿懷於心自己的「外遇」，要是當初我們在各自的隔間被撩撥爾後身體任由按摩師控制，在相同的時空、地點我們一起犯錯，是否他不會歉疚，我不會設想諸種不在場的可能想像？手機對時，兩個鐘頭後此地碰面。他說他要去逛水門市場——台灣的五分埔——挑衣服，我則走過巨大潔亮的展示櫥窗，兩個我相偕步行至NANA站，紅燈區，重複L的錯，如此我們都有了愧疚對方的罪惡感，負負得正（吧）。

午後三點按摩店拉起鐵門營業，我是第一位客人。老闆精通五國語言，和我黏在沙發咬耳朵，細數面對我們正襟危坐的十數個穿白衣男的優缺點。是，我在買春。在空調極強、燈光微弱的大廳挑揀理想對象，暫時忘記門外的炎夏，這兒專賣春天。

我選的春天面目模糊。占據我生命一個半小時的人，他掉了五官，我只記得老闆說這是大學生，會講國語。他先我後地上樓，開放式的淋浴間，牆壁種了花灑，他替我褪掉衣褲，旋開水龍頭試探水溫，水是溫的，水流經我起伏的身體，搓揉出朵朵泡沫的沐浴球，他泰式國語：「北鼾」，我背對他，他輕柔地摩挲我此生無法以眼睛注視的另一半身體，力道簡直在修復古蹟或者對待一個嬰兒似的慎重，然過程毫不扭捏。（時間二〇一三年一月三十一日午後。地點安寧病房。志工和我攙扶瘦成皮包骨的爸爸進浴室洗澡。人躺在一張海綿床，機器緩緩下降特大號浴缸，沉到底，單單露出一顆頭。爸爸說，好舒服。我和女志工負責拿沐浴球「刮」掉類似橡皮擦屑的角質，脖子、四肢、軀幹，甚且連性器也全權交由我清理。滿水池的泡泡啊！父親乾乾淨淨，香，他以芬芳的味道與無垢的臉龐，於十二天後離世，這是他人生最後的奢華享受。）他領我進水泥蜂巢，開啟冷氣，赤條條的兩具身體打哆嗦，「湯蝦」他說。他專心致志地按摩，新手上路般的點擊剛學習的穴位，我看不見他的臉。（我看不見L的臉，床與電子琴的擺設關係，他始終背對著我手指飛快地親吻黑白鍵，主旋律搭配和絃，我的耳朵流進幾百年前的古典樂。天熱時，他光著上身彈，我從背後注視他手臂牽扯整副身軀的筋與肉。）結束背部，轉正面。昏暗視線中，他問：「美穩踢？」他指著我車禍遺留的疤痕，我說ＯＫ。天花板是片鏡子，我看見我，原來他從那時便掉了五官。他小心翼翼地撫摸我復原的舊傷口。（二〇一二年十一月二十七日，下午02：24建立。日記：人只有在有缺憾的時候，才會想找出少掉的那部分的自己，而那往往是把自己扔擲到最孤獨的境地。我是在洗澡時發現自己的。坐在木板凳上，舀起熱水，小心不讓水流流經敷藥的腳背。洗髮精慢慢在溼濘的髮叢裡摩搓出泡沫，扁平的後腦勺，兩個髮漩，指頭按壓過頭皮，仔仔細細；打出纍纍泡泡的沐浴球，轉圈的姿勢，在每個產生皺褶的關節耐心停留，它洗清腰側內的一顆痣，胸前不知何時印下的紅胎記，以及脖間左方的贅疣。我感到驚訝，好像我不是我，我對世界的認知過於慷慨對自己則一無知悉，它們是如何拼湊成我的呢？）

他要我握住他已然硬挺的陽具我便握住。

他舔拭我焚燒的皮膚我便任由他溼潤的舌尖去遊走。

他配合我的悶哼而隨之喘息。

他要我噴薄精液我便在他極速活塞下給予。

我望著天花板的鏡子裡的我，覺得既興奮又不潔。興奮是因我將那人的臉想像是L；不潔是因我的理智提醒我其實他不是L。

事後，坐在百貨公司廳堂麂皮沙發發呆的L，顯然等了一陣子，手機沒電，怕我找不著他就坐著等。期間他索性參觀 LV 專賣店，難得客人登門，推銷員遞茶、聊天，明曉得這客人不會帶走架子擺放的物品，還是起勁跟L用英文瞎聊。這些是L告訴我的，我遲到時他獨自進行的點點滴滴。

終究，他問我有什麼感覺？

我淡然應答：「不好——玩。」洗完澡的身體依然沁汗，這是熱日。

幾次驚蟄過去，同一條蟲應該對驚醒牠的雷聲或，熱，習以為常了吧？

一條暴雨後鑽出土表的蚯蚓，牠的兩端長得相似，根本分辨不出頭尾，或者都是頭也皆是尾。牠蠕動，彈簧般的體節恰似心電圖，在泥濘不堪的黃褐色的溼地作畫，淡淡的波紋；是頭還是尾呢，牠們各自擁有意志，牠要往東，牠要躲回陰暗的地底，看起來彷彿在對峙。自然課本裡解釋蚯蚓天性趨弱光，所以試圖鑽進原先洞窟的是頭囉！頭才有思考的權利；課本也說此蟲從中截斷後，會重新長出遺失的部分。小時的我疑惑，沒腦袋的那截尾不是笨得不得了，課本沒說需耗費多久時間牠會長出原本欠缺的節環。課本提供淺薄的知識，告訴我們這批不滿十歲的孩子世界上有種奇妙的生物，好像永遠不會死亡，老師和藹親切的吩咐大家下堂課記得帶刀片，實事求是地去證明白紙黑字的科學常識。

蚯蚓被我，以及同年齡的孩子興奮地砍成兩截，居然沒血，成為「複數」的牠們扭曲、掙扎、爬行，維持蚯蚓的天性，絲毫不覺得牠們會痛。夏天的西北雨說落就落，黃豆大的雨珠敲響廊道的遮光板，那些首尾分離的蚯蚓，是否真的會長出被截去的上半身或下半身，是否，還活著？我們不會認真探究。現在的我也不會去做這事，甚且將實驗進行至終，為我學習過的知識做全盤的理解。

袁瓊瓊〈時光備忘錄〉裡提及 Adam McLeod 十五歲發現自己具有療癒的能力，這能力叫做「量子治療」，她如此寫：「亞當在書裡說到一個奇妙的案例，有個不滿周歲的嬰兒不小心斷了手指，結果居然像壁虎斷尾一樣，在斷的地方生出來一個新手指。我想嬰兒說不定擁有再生能力：**在他不知道人類沒有能力再生之前**。就像大黃蜂的故事。據說按照流體力學，大黃蜂是『不應該』會飛的。不過大黃蜂因為沒聽過這種理論，因此還是很高興地成天飛來飛去。**有些事，知道得太多不如不知道。我們服從了某種限制之後，就會對應地失去一種能力。**」

L，原來我們是被截斷的蚯蚓，兩個年你新增了不見的我的部分了嗎？我總是透過自己經歷，來替那明顯是錯誤的抉擇下安心的註解：當你躺在按摩床上時，模糊的人影，你想像的是我。

這是我新生的關於你的部分，你呢？

● 作者簡介

周紘立

一九八五年生，東海大學中文系畢業。作品曾獲林榮三文學獎、時報文學獎、梁實秋文學獎、教育部文藝創作獎、全國學生文學獎、打狗鳳邑文學獎、新北市文學獎、台中縣文學獎、東海文學獎等。作品曾入選《102年散文選》、《103年散文選》、大陸《美文》雜誌等。獲國藝會創作補助。出版散文集《壞狗命》、《甜美與暴烈》，短篇小說集《後（來）事》，舞台劇劇本《私劇本》、《粘家好日子》等。

你媽媽是外勞嗎？

◎陳又津

「你媽媽是外勞嗎？」

二十年前，那個連「外籍新娘」、「新移民」這些詞都還沒發明的時代，有一群孩子想盡辦法用自己的方式回答：

「你媽才是台勞！」婚姻是人類最早締結的契約，所以妻子也是人類最古老的一種職業——這是小說家安潔拉卡特的說法，我只是加以延伸，幫我的印尼華僑媽媽辯護，如果我十歲就具備這種知識，絕對會用這種方式反擊。

「才不是！我家很有錢！」瑄瑄的媽媽是菲律賓人，爸爸是白領階級，「雖然我家人都叫我不要說」，但為了證明「我家不是你想的那樣」，小時候總有意無意透露「我用的東西很貴喔」，「我家的經濟狀況很好」，暗示著你根本沒資格歧視我。

「不是！你再說我打你！」傑克身高一百八十公分，可是「初」這個罕見的姓，讓他在客家庄備受欺負。長大以後到同學家玩，才知道同學母親也是講客家話的印尼華僑，大家都有一樣的媽媽，只是傑克的爸爸來自山東。

成年以後，我們因為新移民二代的身分相遇了。

說到外勞，我們都有一種熟悉又陌生的默契，害怕自己被以為是他們，但又不知道他們到底是誰。

瑄瑄常常被問：「你是原住民嗎？」

「不是。」回答之後，除非她覺得對方可以相信，那就有下一句：「我媽是菲律賓人。」但隨之而來「喔」、「很好啊」，一陣尷尬，明明自己好好回答了，反而造成別人的困擾。瑄瑄也說不出來自己到底期待什麼，但她最討厭別人說：「講幾句菲律賓話來聽聽。」「你是誰？我為什麼要講給你聽？」瑄瑄很想這樣回答，但她沒說什麼，只是今年九月跑來學菲律賓文，結果發現學的是菲律賓北方話，不是她父母說的那種南方話。

瑄瑄知道皮膚黑是沒辦法的事，乾脆曬得更黑，最好能像碧昂絲，結果曬了半天只是脫皮，「台灣原住民和碧昂絲都是帶紅的黑，菲律賓黑就是土的顏色，所以不是曬太陽的問題，是基因的問題。」原來皮膚黑有這麼多層次，聽瑄瑄講了我才知道。

小時候的我就知道了。只有成績贏過其他同學，才能回答「你媽媽是外勞嗎」這個問題，最好讓他們沒機會發出這個問題，只要我媽媽永遠不要出席家長會就好。

十年過去了。

張小弟跟我同樣住在台北三重，念私立國中，班上成績頂尖，差別是我母親來自印尼、他母親來自菲律賓，但只因為他的膚色比別的同學深，就被說是沒洗澡、身體臭，如果我晚生十年，是不是也必須證明自己「不是」什麼？

我記得某次月考前夕，同學神祕兮兮地說，那個誰誰誰說這次月考要幹掉你喔。我沒有因此特別準備，倒是發現「原來我一直是班上第一名啊」，沒人下戰帖的話，大概不會意識到這件事吧。現在我可以笑著講這件事，當然是因為我贏了這場遊戲。

但是傑克沒錢沒勢，「你媽媽是外勞」這句話一定會如影隨形，成為被欺負的理由。雖然欺負人也不用太認真的理由啦。

總之，傑克揮拳了。一百八十公分的身高，保障了他平靜的國中三年。

我們成長的時候沒聽過「新二代」，不過我們不站出來的話，別人該怎麼辨才好呢？我們在這個暖洋洋的冬日下午，相約在燦爛時光書店，交換童年的記憶。

我記得另一個沒機會訪問的孩子，他現在三十多歲，還在照顧纏綿病榻的九十多歲父親，他的碩士論文就在寫自己的背景，其中一句話：「我們二十歲就在做別人五十歲才在做的事。」

難怪世界上有人說老靈魂，那不是詩情畫意的想像，而是我們的父母跟別人差了兩代，提早看到生老病死的進程。

我們也常常是獨生子女。有的是父親在幼稚園離世，有的久臥在床。

少子化、長期照護，這兩個同樣很新鮮的詞，突然明確描繪出我見到的一切。關於榮民與晚婚，我們是最後的見證者，但在企業經營婚姻移民浪潮襲來之前，我們又是最初的先鋒。

最後的，也是最先的。

農村長大的孩子說，他小時候最常參加廟會和葬禮，因為身邊都是老人，我的童年也一樣環繞著榮民阿伯，但我從未參加這些人的葬禮，也許他們不好意思通知我父親，也許我父親自己一個人去弔唁，或許他們早就斷了聯絡，或許阿伯最後孤伶伶躺在某個地方而我不知道。知道了又怎麼樣呢？我連他家在哪裡，叫什麼名字都不知道。

「後來怎麼了？」這個問題如今已經沒有意義，他們多半不在人世，就像新聞會下的標題：「無緣死」、「孤獨死」。

●

在別人的故事裡，或許能看見自己的影子。

我們都曾傻傻地問自己：「我是台灣人嗎？」或者先被別人問了，才想到：「難道我不是嗎？」如今終於有機會面對面，把自己的答案說出來，這時候，我們發現彼此根本不一樣。把我們帶到這裡來的，只是一個微小的希望：「這個人說不定能聽懂我說的話。」

「你媽媽是外勞嗎？」「我是台灣人嗎？」「單身嗎？」「幾歲？」「你是男／女生嗎？」「你大陸來的喔？」這些問題都差不多，只想把我們劃出界線。當我們好不容易解決了「你媽媽是外勞嗎」這個問題，才終於想到，要繼續回答「我是誰」這個疑問。

換個時空，如果瑄瑄、傑克跟我同班，瑄瑄可能是那個班上最早拿新手機的女生，我還在討老師歡心，看不順眼瑄瑄那樣的人，以為這年紀只有課業最重要，傑克忙著練球，不想管那些自己無法改變的事，卻用無微不至的體貼，把流浪的小貓帶回家飼養——畢業以後，這三個人應該也沒什麼交集。

然而，我們現在一起扛起新二代的這面旗子，雖然有點沉重，但這個標籤至少讓我們這些先長大的孩子，在大人的這一端等待，告訴未來的孩子說：「你絕對不是孤獨一人，你看，我們都好好長大了，你一定也可以。」

天黑了，在書店相遇的那個下午之後，我們各自回家，回到那個我們來的地方，或許搭捷運，上網登入臉書，或許在夜市打包晚餐，或許跟朋友借上課筆記，打開聽說很好看的連續劇，跟旁邊的台灣人一樣，呼吸一樣的空氣，拿一樣的身分證（也可能拿不到身分證），思考自己未來要成為怎樣的人，不知不覺間，早就脫下了新二代的身分，這個時候，才成了一個普通得不能再普通的普通人。

● 作者簡介

陳又津

台北三重人，任職媒體。台大戲劇碩士、美國佛蒙特藝術中心駐村作家、《印刻文學生活誌》封面人物，曾獲角川華文輕小說決選入圍、香港青年文學獎小說組冠軍、時報文學獎短篇小說首獎、國藝會長篇小說補助等。作品入選《九歌年度小說選》、台北國際書展華文出版與影視媒合平台，二〇一四年出版小說《少女忽必烈》，敘事節奏輕快，二〇一五年出版《準台北人》，探觸個人身世與族群境況。

網站—dali1986.wix.com/yuchinchen

Blog—hubilieh.pixnet.net/blog

FB—陳又津 YuChin Chen

麥田文學 299

我們這一代：七年級作家

主　　編　宇文正　王盛弘
責任編輯　張桓瑋　鄭雅淳

國際版權　吳玲緯　蔡傳宜
行　　銷　艾青荷　蘇莞婷　黃家瑜
業　　務　李再星　陳玫潾　陳美燕　枏幸君
副總編輯　林秀梅
編輯總監　劉麗真
總 經 理　陳逸瑛
發 行 人　涂玉雲

出　　版　麥田出版
城邦文化事業股份有限公司
104台北市中山區民生東路二段141號5樓
電話：（886）2-2500-7696　傳真：（886）2-2500-1966、2500-1967
E-mail：bwps.service@cite.com.tw
發　　行　英屬蓋曼群島商家庭傳媒股份有限公司城邦分公司
104台北市中山區民生東路二段141號2樓
書虫客服服務專線：(886)2-2500-7718；2500-7719
24小時傳真服務：(886)2-2500-1990；2500-1991
服務時間：週一至週五09:30-12:00；13:30-17:00
郵撥帳號：19863813　戶名：書虫股份有限公司
讀者服務信箱E-mail：service@readingclub.com.tw
歡迎光臨城邦讀書花園　網址：www.cite.com.tw
麥田部落格：http://blog.pixnet.net/ryefield

香港發行所　城邦（香港）出版集團有限公司
香港灣仔駱克道193號東超商業中心1樓
電話：(852)2508-6231　傳真：(852)2578-9337
E-mail：hkcite@biznetvigator.com

馬新發行所　城邦(馬新)出版集團【Cite(M) Sdn. Bhd (458372U)】
41, Jalan Radin Anum, Bandar Baru Sri Petaling,
57000 Kuala Lumpur, Malaysia.
電話：(603)9057-8822　傳真：(603)9057-6622
E-mail:cite@cite.com.my

設　　計　許晉維
排　　版　宸遠彩藝有限公司
印　　刷　前進彩藝有限公司

初版一刷　2016年11月29日

著作權所有・翻印必究（Printed in Taiwan）
本書如有缺頁、破損、裝訂錯誤，請寄回更換

定價／320元
ISBN：978-986-344-406-0

城邦讀書花園
www.cite.com.tw

國家圖書館出版品預行編目資料

我們這一代：七年級作家 / 王盛弘, 宇文正主編.-- 初版. --
台北市：麥田, 城邦文化出版；家庭傳媒城邦分公司發行,
2016.11
面；　公分. -- (麥田文學；299)

ISBN 978-986-344-406-0(平裝)

855　　105021685

讀者回函卡

cite城邦媒體

※為提供訂購、行銷、客戶管理或其他合於營業登記項目或章程所定業務需要之目的，家庭傳媒集團（即英屬蓋曼群島商家庭傳媒股份有限公司城邦分公司、城邦文化事業股份有限公司、書虫股份有限公司、墨刻出版股份有限公司、城邦原創股份有限公司），於本集團之營運期間及地區內，將以e-mail、傳真、電話、簡訊、郵寄或其他公告方式利用您提供之資料（資料類別：C001、C002、C003、C011等）。利用對象除本集團外，亦可能包括相關服務的協力機構。如您有依個資法第三條或其他需服務之處，得致電本公司客服中心電話請求協助。相關資料如為非必填項目，不提供亦不影響您的權益。

□ 請勾選：本人已詳閱上述注意事項，並同意麥田出版使用所填資料於限定用途。

姓名：__________ 聯絡電話：__________

聯絡地址：□□□□□__________

電子信箱：__________

身分證字號：__________（此即您的讀者編號）

生日：____年____月____日 性別：□男 □女 □其他__________

職業：□軍警 □公教 □學生 □傳播業 □製造業 □金融業 □資訊業 □銷售業
□其他__________

教育程度：□碩士及以上 □大學 □專科 □高中 □國中及以下

購買方式：□書店 □郵購 □其他__________

喜歡閱讀的種類：（可複選）

□文學 □商業 □軍事 □歷史 □旅遊 □藝術 □科學 □推理 □傳記 □生活、勵志
□教育、心理 □其他__________

您從何處得知本書的消息？（可複選）

□書店 □報章雜誌 □網路 □廣播 □電視 □書訊 □親友 □其他__________

本書優點：（可複選）

□內容符合期待 □文筆流暢 □具實用性 □版面、圖片、字體安排適當
□其他__________

本書缺點：（可複選）

□內容不符合期待 □文筆欠佳 □內容保守 □版面、圖片、字體安排不易閱讀 □價格偏高
□其他__________

你媽媽是外勞嗎？

您對我們的建議：__________

____

cite 城邦 媒體 麥田出版
Rye Field Publications
A division of Cité Publishing Ltd.

廣告回函
北區郵政管理局登記證
台北廣字第000791號
免貼郵票

英屬蓋曼群島商
家庭傳媒股份有限公司城邦分公司
104 台北市民生東路二段141號5樓

▼

請沿虛線折下裝訂，謝謝！

文學・歷史・人文・軍事・生活